Geschichten aus dem Bremer Westen

René Paul Niemann

Geschichten aus dem Bremer Westen

Findorff — Gröpelingen — Walle

Halbseidenes — Kriminelles — Sentimentales

Edition Temmen

Die Deutsche Bibliothek verzeichnet diese Publikation in der Deutschen Nationalbibliografie; detaillierte bibliografische Daten sind im Internet unter http://dnb.ddb.de abrufbar.

Umschlagabbildung: Bildarchiv Kulturhaus Walle Brodelpott e.V.

Hohenlohestr. 21–28209 Bremen
Tel. +49-421-34843-0
Fax +49-421-348094

info@edition-temmen.de
www.edition-temmen.de

Printed in EU

ISBN 978-8378-7052-7

Inhalt

Stein auf Stein

Bau eines Kaisenhauses, 1947/48

Hanne schaltete das Radio aus und drückte ihre kleine Tochter an sich.

„Papa kommt nach Hause!" Ihre Stimme klang gepresst. Sie wischte eine Träne weg, dann zog sie ihren Sohn zu sich heran.

„Hast du gehört, Herbert? Papa kommt nach Hause."

Der Fünfjährige schaute seine Mutter an, als hätte sie gesagt, er bekäme morgen einen ganzen Karton voll Schokolade, oder das Christkind würde ihm alle Wünsche erfüllen.

„Stimmt das auch?", fragte er zweifelnd.

„Ja, wirklich, sie haben es gerade in den Nachrichten gesagt!"

Sie küsste ihn wieder, während er nichts mehr zu sagen wusste. Sein Papa war kaum mehr als ein Schatten, der in einem fernen Lande weilte. Papa, das war der Mann, der ihn auf den Schultern getragen hatte und auf dessen Schoß er an einem schönen Sommertag vor langer Zeit eingeschlafen war, während er dem Märchen vom Sterntaler lauschte. Papa hatte kratzige Wangen und einen Verband am Arm gehabt, der ihm abgenommen werden sollte. Dann war er wieder gegangen. Mama und Oma redeten oft von ihm, und manchmal weinte Mama, weil er nichts mehr von sich hören ließ.

„Er darf sicher nicht schreiben", sagte Oma dann meistens. „Vielleicht hat er kein Papier. Wenn er könnte, würde er es sicher tun, das weißt du doch."

„Wird er dann bei uns bleiben?", fragte Herbert.

„Ja, dann geht er nie wieder weg", sagte Hanne. „Du sollst mal sehen, nächste Weihnachten feiern wir alle zusammen!"

Karin, fast zweijährig, sagte gar nichts. Wie ein stummer kleiner Kegel stand sie da. Sie war spät dran, was das Reden betraf. Das liege an der schlechten Ernährung, die das Gehirn nicht stimuliere, sagte der Doktor. Viele Kinder seien derzeit in der Entwicklung zurück, zu klein, zu blass, zu dünn. Wenn die allgemeine Lage sich bessere, würden sie das schon aufholen.

Als sich in der Wohnungstür der Schlüssel drehte, stand Hanne rasch auf.

„Hast du schon gehört, Mutti?", fragte sie, während ihre Schwiegermutter die Tasche mit den Fett- und Brotrationen an den Kleiderhaken hängte. „Heinzi kommt nach Hause!"

Die alte Frau wurde blass. „Hat er geschrieben?"

„Nein, es kam gerade in den Nachrichten! Die Konferenz in Moskau. Auch wenn sonst nicht viel dabei herausgekommen ist, auf die Freilassung unserer Gefangenen haben sie sich immerhin geeinigt. Bis Ende nächsten Jahres sollen alle heimkehren!"

„Das ist ja noch eine Weile hin", sagte Heinzis Mutter, die nicht mehr an Versprechungen glaubte, und schon gar nicht von den Russen. Aber das sprach sie nicht aus, denn was nützte es, Hoffnungen zu zerstören, wo doch schon alles andere in Scherben lag?

Hannes Strahlen war fast schmerzhaft. „Er kann ja auch früher kommen! Wenn er Glück hat, gehört er zu den Ersten. Bei irgendjemanden müssen sie ja anfangen."

„Papa kommt nach Hause!" Herbert lachte und begann in der engen Stube herumzuspringen, so wie es der Bedeutung des Augenblicks angemessen schien.

„Papa“, sagte in diesem Moment die kleine Karin. Es war ihr erstes Wort, und Hanne beugte sich zu ihr hinunter und bedeckte ihr Gesicht mit Küssen.

Am Nachmittag lief Hanne in den Maiglöckchenweg. Dort, in dem Garten mit den drei alten Apfelbäumen, hatte sie ihre halbe Kindheit verbracht. Das war die Parzelle ihrer Eltern. Nach den Bombennächten, als sie Wohnung und Hausrat verloren, waren sie ganz hierher gezogen, wie so viele andere Leute auch. Bett und Regale waren aus Brettern zusammengenagelt. Ein alter Ofen diente als Heizung und über dem Tisch hing eine Petroleumlampe.

„Mama“, sagte Hanne, als sie den Garten betrat.

Hinter ihnen lag ein langer Winter. Der Schnee war wie ein Leichentuch gewesen, das Land erstarrt und still. Tausende Menschen waren erfroren. Hanne hatte geholfen, die Innenwände des Gartenhäuschens mit dicken Schichten Zeitungspapier zu bekleben, damit das blanke Eis nicht durch das Holz kam. Aber am Ende hatte es nichts genutzt. Seit Anfang des Jahres war ihre Mutter alleine. Ihr Vater lebte nicht mehr. Am Tag vor Silvester war er gestorben. Eine Lungenentzündung, dazu die Kälte, die schlechte Ernährung. Als der übermüdete Arzt endlich Zeit für ihn gefunden hatte, war er schon tot gewesen.

Nun kam der Frühling. Der Boden war saftig und feucht. Ihre Mutter erhob sich von den Knien. Mit einer kleinen Kinderschaufel hatte sie Reihen von Löchern gegraben. Sie setzte Kartoffeln, die nach dem Winter in einer dunklen Kiste schon lange Keime trugen.

„Hast du es auch gehört, Mama?“

„Das mit den Gefangenen? Ja, das habe ich gehört. Alle reden davon.“

Sie klopfte sich die Erde ab. Ihr Kittel war mit schlechter

Farbe schwarz gefärbt. Er sah ganz fleckig aus.

„Wir wollen bauen!“, sagte Hanne mit leuchtenden Augen. „Bürgermeister Kaisen hat es doch erlaubt.“

„Komm mit ins Haus“, sagte ihre Mutter. „Ich habe gekocht. Und dann reden wir.“

Es gab dünne Kohlsuppe mit alten Kartoffeln und ein Ei, das sie sich teilten. Danach zwei Kleckse Apfelmus. Unter dem Bett hütete Hannes Mutter Gläser mit Eingemachtem.

„Da hinten bei den Brombeersträuchern“, sagte Hanne, während sie mit Hunger aß. „Da wächst doch sowieso nichts Ordentliches. Ein Haus aus Stein mit elektrischem Licht und mit einem vernünftigen Ofen. Und du bekommst ein Zimmer unterm Dach, Mama. Dann wohnen wir alle zusammen.“

„Wer wird dir helfen?“, fragte ihre Mutter.

„Heinzi wird ja nun bald kommen. Und bis dahin fange ich alleine an. Ab morgen hole ich Steine. Jeden Tag einen Handwagen voll, und alles, was ich sonst noch bekomme. Die Kinder werden im Garten aufwachsen statt bei Berta in der Wohnung. Hier können sie in der Sonne spielen statt zwischen den Trümmern, und ich muss keine Angst um sie haben.“

Jeder, der es irgendwie bewerkstelligen konnte, baute jetzt. Man musste vorwärts gehen. Wer stehen blieb, der hatte schon verloren.

„Dann fange ich morgen an, die Brombeeren wegzureißen“, sagte Hannes Mutter. „Wie groß soll das Haus denn werden?“

„Dreißig Quadratmeter sind erlaubt. Wir werden es ein Stückchen größer machen, denn so genau wird es wohl niemand nehmen. Morgen beantrage ich die Lizenz. Und dann messen wir die Stelle aus.“

Von diesem Tag an war Hanne fast fröhlich, wenn sie morgens ihre Arbeitskleider anzog. Sie steckte sich ein Stück Brot in die Schürzentasche, dann lief sie zur Gröpelinger

Heerstraße, wo sie zum Trümmerdienst verpflichtet war. Den ganzen Tag arbeitete sie mit der Spitzhacke in der Hand, klopfte Ziegelsteine aus Mauerstücken und reichte sie zum Straßenrand weiter, wo sie vom Mörtel befreit und aufgestapelt wurden.

„Wir werden bauen", erzählte sie jedem, der es hören wollte. „Der Garten meiner Mutter ist groß genug. Ein kleines Haus für Heinz und mich und die Kinder. Und für Mutter ist es auch viel besser, wenn sie nicht alleine lebt."

„Wie willst du das schaffen, Hanne?", fragten die Frauen.

Hanne lachte. „So wie alle anderen auch! Jeden Tag nach der Arbeit klopfe ich eine Ladung Steine für mich selbst und bringe sie zum Garten. Ihr sollt sehen, wenn ich das den ganzen Sommer mache, habe ich genug beisammen!"

„Und das willst du ganz alleine tun?"

Ihr Lachen war voll Zuversicht. „Ich habe doch ziemlich viel Kraft. Seht nur, was für Muskeln ich beim Räumdienst schon bekommen habe!"

Sie rollte ihre Bluse hoch und ließ die dünnen Arme sehen.

„Außerdem kommt mein Mann nun bald zurück. Der wird mir dann schon helfen."

Zum Feierabend legte jede der Frauen ihr einen oder zwei Steine in den kleinen Wagen. Die restlichen suchte Hanne sich selbst zusammen. Fünfzig, das war eine gute Zahl. Es hätten wohl mehr in den Wagen gepasst, aber die Ladung war schwer und die Wege waren schlecht. Fünfzig Steine. Jeden Tag.

„In hundert Tagen sind das fünftausend Steine", rechnete sie sich am Abend selber vor. „Und an den Sonntagen kann ich den Weg auch mehrmals gehen. Jetzt kommt der Sommer, da sind die Tage lang."

Hannes Schwiegermutter, die für die Trümmerarbeiten

zu alt war und unter Rheuma litt, nähte für eine Schneiderei. Sie bekam die Sachen nach Hause gebracht, und wenn sie mit dem Haushalt fertig war, saß sie bis spät in die Nacht am Stubentisch. Sie konnte Wolldecken zu Mänteln schneidern und aus Damenröcken Männerhosen machen. Hanne half ihr, wann immer sie Zeit fand. Das Geld, das sie dazuverdiente, sparte sie in einer alten Kaffeedose.

„Davon kaufe ich Mörtel und was man sonst noch so braucht“, sagte sie, während sie die Säume eines Damenkleides aus dickem Wollstoff auftrennte.

„Der Räumdienst ist nicht gut für dich“, sagte ihre Schwiegermutter. „Du wirst immer dünner, Hanne. Richtig abgehärmt siehst du schon aus.“

„Das liegt nicht an der Arbeit, Mutti, sondern an dem schlechten Essen, das sie uns geben“, erwiderte Hanne. „Gestern hätte ich mich beinahe übergeben. Die Steckrüben waren wohl angefault. Ansonsten ist die Arbeit nicht so schlecht. Da bin ich doch an der Quelle für alle Sachen, die wir brauchen. Holzbalken und Wasserrohre, alles kann man finden. Und überall stecken Nägel drin. Die muss man nur ein wenig gerade klopfen, dann sind sie fast wie neu. Ich sammle sie in meiner Schürzentasche. Bei Mama steht schon ein halber Eimer voll. Vielleicht kommt Heinzi im Herbst, und es wäre doch schön, wenn ich dann schon alles Material zusammen hätte.“

Ihre Schwiegermutter nickte. Dann sprachen sie nicht mehr viel. Das Radio lief ganz leise, damit die Kinder nicht erwachten. Das alte Sofa, auf dem Hanne schlief, war durchgelegen. Vorsichtig drehte sie sich später zurecht, damit die Federn nicht zu sehr ächzten. In dem Kinderbettchen, das jeden Abend aufgebaut und jeden Morgen aus Platzmangel wieder auseinander genommen werden musste, schlummerten Herbert und Karin unter einer Decke.

„Ich schaffe das", sagte Hanne leise zu sich selbst. „Und wenn du wieder da bist, Heinzi, werden wir endlich ein richtiges Leben haben!"

„Stell dir vor, Frau Faule hat ein Telegramm bekommen", sagte Hannes Schwiegermutter an einem Mittwoch im August. „Ihr Mann kommt aus Russland zurück. Er ist schon in Gronenfelde. Da kommen sie ja alle an, die aus dem Osten. In dem Lager gibt es jetzt eine eigene Poststelle, von wo aus sie umsonst telefonieren und Telegramme schicken können."

Hannes Herz begann zu pochen. „Ob er was von Heinzi gehört hat?"

„Ach Kind, Russland ist doch so groß! Herr Faule war in einem Lager bei Moskau, und Heinzi ist am Don. Das ist eine ganz andere Richtung."

„Trotzdem werde ich ihn fragen", sagte Hanne. „Man kann ja nie wissen."

Aber Herr Faule hatte nichts von Heinzi gehört. Er wollte auch gar nicht viel reden. Er sah krank und elend aus. Sein Gesicht war eingefallen. Er ging so langsam wie ein alter Mann. Im Winter vor zwei Jahren waren ihm die Zehen erfroren. Am linken Fuß hatte man ihm zwei amputiert, aber auch in den anderen war kein Gefühl mehr.

„Er schaut den ganzen Tag aus dem Fenster", sagte Frau Faule und wischte sich mit dem Geschirrtuch die Augen. „Und er hört Radio, das Klassikprogramm. Er hat ja immer die Klassik geliebt. Dann sieht er aus, als würde er träumen. Etwas anderes will er gar nicht mehr wissen. Wenn die Nachrichten kommen, schaltet er ab."

„Er hat eine schwere Zeit hinter sich. Das gibt sich schon wieder", sagte Hanne, während sich ihr Herz zusammenzog und sie inständig hoffte, dass Heinzi noch der Alte wäre, wenn er wiederkam.

Immer mehr Männer kehrten nun zurück, vor allem aus Polen, Ungarn und Rumänien. Aus Russland ging es langsamer. Wie eine Verdurstende wartete Hanne auf das erlösende Telegramm. Ein Telefon hatten sie nicht, und auch keiner der Nachbarn, bei denen er hätte anrufen können. Wenn Hanne arbeitete, setzte ihre Schwiegermutter keinen Fuß mehr vor die Tür, aus Angst, den Telegrammboten zu verpassen.

Wenn es hieß, dass ein Zug mit Heimkehrern käme, ließ Hanne alle Arbeit liegen und lief den Weg von Gröpelingen zum Hauptbahnhof so schnell sie konnte. Vielleicht war er ja dabei. Vielleicht hatte er keine Möglichkeit gehabt, zu schreiben. Vielleicht hatte einer der anderen Männer ihn gesehen. Aus Pappe hatte sie ein Schild gemacht. Darauf klebte ein Foto von Heinzi, das sie hatte vergrößern lassen. Darunter stand geschrieben: Wer hat meinen Mann gesehen? Obergefreiter Heinz Dorn, geboren am 28. September 1918. Gefangenenlager Rostow am Don.

So machten es viele Frauen. Hinter den Glücklichen, die am Bahnsteig auf die Heimkehrer warteten, scharten sich Mütter und Kinder, die bislang vergebens auf Nachricht hofften. Hanne drängte sich vor, damit man ihr Schild nicht übersah. Aber niemand blieb stehen. Sie wollten alle nur nach Hause.

Jeden Tag zog Hanne mit dem beladenen Handwagen zum Waller Bahnhof und von da aus zum Waller Fleet, wo der Maiglöckchenweg abging. Sie schaffte die fünftausend Steine. Im Herbst lagen sie ordentlich gestapelt im hinteren Teil des Gartens, neben einigen Balken und was sie sonst noch hatte transportieren können. Im Hühnerstall waren die wertvolleren Stücke verstaut: zwei ordentlich erhaltene Fensterrahmen, die nur neue Scheiben brauchten, diverse Wasserrohre, ein Waschbecken aus Porzellan, das so gut wie neu war, und Elektrokabel, die man für den Stromanschluss würde verwenden können.

Von einem Architekturstudenten, der am Hungertuch nagte, einem Freund des Bruders einer Nachbarin, ließen sie eine Bauzeichnung anfertigen. Sechs Eier und zwei Gläser Apfelmus bekam er von Hannes Mutter dafür.

An einem Wochenende hoben die beiden Frauen die flache Baugrube aus.

„Wir müssen das Fundament gießen, bevor es zu frieren beginnt", sagte Hanne und schaute in den Novemberhimmel.

Das machten dann zwei Nachbarn aus dem Maiglöckchenweg mit zerkleinertem Schutt und viel dünnflüssigem Zement. Drei Tage später fiel der erste Schnee. Im Laufe des Dezembers schwand die Hoffnung, dass Heinzi zu Weihnachten nach Hause käme. Am Heiligabend saßen sie alle um den kleinen Stubentisch in der Gröpelinger Wohnung. Hannes Mutter hatte eins ihrer Hühner geschlachtet. Heinzis Mutter hatte eine winzige Tanne mit Lametta und ein paar Wachslichtern geschmückt.

„Wollen wir nicht ein Stück Fleisch für Papa übrig lassen?", fragte Herbert, als der Servierteller mit dem Goldrand sich langsam aber sicher leerte. „Wann kommt er denn?"

„Kommt er denn?", plapperte die kleine Karin, deren Sprechvermögen nur zögerliche Fortschritte machte.

„Ich glaube, er schafft es dieses Jahr nicht mehr", sagte Hanne tapfer. „Der Weg ist doch sehr weit."

„Muss er den ganzen Weg zu Fuß gehen?" fragte Herbert.

„Vielleicht nicht den ganzen Weg, aber bestimmt ein großes Stück. Nächste Weihnachten ist er sicher da. Und wir machen indessen mit unserem Haus weiter. Wenn der Winter vorbei ist, mauern wir die Wände. Wenn Papa dann kommt, sieht er gleich, wie fleißig wir waren."

Heinzi kam auch im Frühjahr nicht. Im Mai 1948 wurde die Aufhebung des Erlasses von Bürgermeister Kaisen vorangetrieben. Im Kleingartengebiet sollten keine weiteren Bauten entstehen. Baugenehmigungen wurden nicht mehr erteilt. Die Leute bauten trotzdem weiter, denn was blieb ihnen anderes übrig. Hanne war froh, dass sie bereits mit den Arbeiten begonnen hatte und man ihr die Genehmigung nicht wieder entziehen konnte. Ein Nachbar zeigte ihr, wie man mit einem Lot und ein paar gespannten Bindfäden gerade Mauern hochzog. Von da an war sie jeden Tag nach der Arbeit im Garten, um Stein für Stein ihre Wände zu mauern.

Im Juni gab es neues Geld. Für jeden gab es vierzig D-Mark, auch für Herbert und Karin. Einen Teil des Geldes legte Hanne sofort an: Ein Baustoffhändler verkaufte ihr Wellasbest für das Dach zum Sonderpreis, weil sie Reste nahm, die keine einheitliche Farbe hatten, und sie erstand einen kleinen Posten Fliesen, der ebenfalls diverse Farben und Größen umfasste, für die Wände der Küchenecke.

„Wir machen alles so schön wie möglich. Und wenn das Haus fertig ist, kommt Papa", wurde sie nicht müde, ihren Kindern zu erzählen.

Herbert half seiner Oma beim Unkraut zupfen und sammelte die Käfer und Raupen ab. Die Geschichte von seinem Papa, der bald kommen würde, klang immer mehr wie ein Märchen. Im Radio wurden die Nachrichten schlechter. Die Russen wollten ihr Wort nicht mehr halten. Viele Gefangene wurden nun als Kriegsverbrecher verurteilt und bekamen lange Haftstrafen. Längst war keine Rede mehr davon, bis Ende des Jahres alle freizulassen.

„Heinzi hat nichts Schlimmes getan", sagte Hanne immer wieder. „Er ist kein Verbrecher. Er war nur ein einfacher Soldat. Ihn werden sie sicher nicht bestrafen."

„Haben Sie denn schon was von Ihrem Jungen gehört?", fragte Frau Faule, als sie mit Heinzis Mutter bei Regenwetter um Brot anstand.

„Nein", antwortete die mit hängenden Schultern. „Ich habe von Anfang an befürchtet, dass das nicht so schnell gehen wird. Wir haben auch schon so lange nichts von ihm gehört. Aber ich rede nicht darüber. Hanne gibt sich solche Mühe. Ich kann ihr doch den Mut nicht nehmen."

An einem Wochenende im September kamen ein paar Nachbarn, um das Dach zu machen. Man half sich gegenseitig, denn jeder wusste, dass er am nächsten Tag oder in der nächsten Woche vielleicht selber Hilfe brauchen würde. Hanne wollte kein flaches Dach, was einfacher gewesen wäre, sondern einen spitzen Giebel, damit oben Platz für eine Kammer wäre.

Am Nachmittag feierte man Richtfest. Eine Nachbarin hatte aus Laub eine kleine Krone gewunden, an der ein paar bunte Stoffbänder wehten. Hanne kletterte zu den Dachbalken hoch und schlug den letzten Nagel ein.

Herbert hatte mit seiner Oma ein Sprüchlein geübt, das er völlig fehlerfrei aufsagen konnte: „Das Haus ist nun gerichtet, geschmückt mit einem Baum. Es scheint im Sonnenlichte und ist ein wahrer Traum. Das Haus schützt uns vor Wind und Regen und soll uns bringen Glück und Segen."

Eine Flasche Schnaps tauchte auf. Jeder trank ein Gläschen, dann ging die Arbeit weiter. Am Abend war das Dach gedeckt, zu beiden Seiten geziert von einer etwas krummen Regenrinne, die man aus alten Blechrohren gebogen hatte.

„Habe ich das Gedicht gut aufgesagt, Mama? Hast du dich gefreut?", fragte Herbert beim Schlafengehen.

„Ich habe noch nie so ein schönes Gedicht gehört. Und wenn Papa kommt, kannst du es ihm auch noch aufsagen. Dann wird er sich freuen!", antwortete Hanne und deckte ihn zu.

Als eine Woche später Tür und Fensterrahmen eingesetzt waren und ein Ofenrohr seitlich aus dem Dach aufragte, wurden Tisch, Stühle und Regale in das neue Haus gebracht, dann das Geschirr, der Hausrat und die Einmachgläser. Hanne zog mit dem Handwagen nach Gröpelingen, um bei Heinzis Mutter das Bettzeug und die Kleider abzuholen. Sie hatte den Rückweg gerade angetreten, als es hieß, dass ein Zug mit Heimkehrern käme. Sie hetzte und hastete, kam völlig außer Atem im Maiglöckchenweg an.

„Es kommt ein Zug", rief sie ihrer Mutter entgegen. „Heute muss er dabei sein. Dann sitzen wir heute Abend alle unter unserem Dach!"

Sie nahm sich nicht die Zeit, zu rasten. Sie trank nur einen Schluck Wasser und lief gleich wieder los, unter dem Arm ihr Plakat, voller Angst, die Ankunft zu versäumen.

Der Bahnsteig quoll von Wartenden über. Es dauerte dann noch eine geschlagene Stunde, ehe in der Ferne der Pfiff der Dampflok ertönte. Ein Strom von Männern in abgewetzter Kleidung ergoss sich aus dem Zug. Hanne streckte sich und versuchte, über die Köpfe hinwegzusehen. Vielleicht würde sie ihn gar nicht gleich erkennen. Sie hielt ihr Plakat in die Höhe, aber niemand beachtete sie. Sie drängte sich zu der Treppe, die nach unten führte. Da mussten sie alle vorbei.

„Haben Sie meinen Mann gesehen?", fragte sie immer wieder. „Sind Sie irgendwo meinem Mann begegnet?"

Ein magerer Mittvierziger, dem eine Frau und ein halbwüchsiges Mädchen an den Armen hingen, ging an ihr vorbei, streifte mit dem Blick flüchtig das Foto auf ihrem Plakat, drehte sich noch einmal um und schaute wieder. Dann flüsterte er seiner Frau etwas ins Ohr. Sie griff sich an die Kehle und nickte. Dann kam er auf Hanne zu.

Vor lauter wildem Glück, das ebenso gut eine panische Angst sein mochte, schlug ihr das Herz bis zum Halse.

„Wo kommen Sie her?", fragte sie den Fremden.

„Aus Rostow am Don", sagte er. „Ist das da Ihr Mann?"

Hanne nickte, die Locken umrahmten widerspenstig ihr Gesicht. „Kennen Sie ihn? Und ist er auch auf dem Weg?", fragte sie erstickt.

„Ja, ich kenne ihn." Die Stimme des Mannes klang traurig. „Und leider muss ich Ihnen sagen, dass Sie nicht mehr warten brauchen."

„Wie ... was...", stammelte Hanne, unfähig zu begreifen.

Dann schien ihr das Herz zu zerspringen. Der Boden sackte ihr unter den Füßen fest, mit einer Hand hielt sie sich am Geländer.

„Im letzten Winter schon", sagte der Mann. „Ich glaube, es war im Februar. Der Hunger, die Kälte, das war zuviel."

„Aber ... Sind Sie sicher, dass es wirklich mein Mann war? Schauen Sie sich das Bild noch einmal an", bat sie mit flehender Stimme.

„Ich bin mir sicher", sagte er. „Und es tut mir sehr leid. Er war ein feiner Kerl."

Er drückte ihr die Hand, die eisig geworden war. Dann drehte er sich um und ging zu seiner Frau und seiner Tochter zurück, die so ein unfassbares Glück hatten.

Hanne hielt sich immer noch fest. Die Menge strömte an ihr vorbei, der Bahnsteig leerte sich. Wie betäubt stand sie da. Und obwohl die Luft doch mild war, fühlte sie nur noch Kälte. Vor ihr lag ein langer Weg. Irgendwann begannen ihre Füße, sich wie automatisch zu bewegen. Die Treppe hinunter, raus aus dem Bahnhof, Richtung Walle nach Hause.

Nach Hause, dachte sie stumpf, als habe das Wort keine Bedeutung mehr.

Das Plakat war ihr am Bahnsteig aus den Händen geglitten. Ein Bahnarbeiter hob es auf, zerriss es in der Mitte und steckte es zu dem Bündel aus Papier und Holzstücken, mit dem er am Abend seinen Ofen heizen würde.

„Er kommt nicht mehr", flüsterte Hanne mit trockenen

Augen, als sie ihr kleines Haus betrat. „Und ich dachte immer, ich würde es spüren, wenn ihm etwas passierte."

Ihre Mutter war gerade dabei, den Herd anzufeuern.

„Wann?", fragte sie leise.

„Im Februar schon." Und nach einer Pause: „Jemand muss es Berta sagen."

„Ich gehe zu ihr", sagte Hannes Mutter und band sich das schwarze Kopftuch um. „Du bleibst hier und ruhst dich aus. Versuche, nicht daran zu denken. Die Kinder sind noch im Garten. Es ist gleich Abendbrotzeit."

„Ist nun alles fertig, Mama?", fragte Herbert, als sie wenig später zum ersten Mal im eigenen Häuschen am Tisch saßen.

„Ja, jetzt ist alles fertig", sagte Hanne müde.

„Kommt dann bald Papa?"

„Er wird schon noch kommen", sagte Hanne. „Wir geben die Hoffnung nicht auf, nicht wahr?"

Erst als die Kinder schliefen, mit einem Backstein an den Füßen, den sie auf dem Küchenherd heiß gemacht und in ein altes Flanelltuch geschlagen hatte, setzte sie sich an den Tisch. „Wenigstens haben wir ein Dach über dem Kopf", flüsterte sie. Dann legte sie das Gesicht in die Hände und weinte.

Molenfeuer

Mäuseturm an der Mole, 1948

Mit dem auflaufenden Wasser kam ein böiger Wind. Die Wellen drängten gegen das steinerne Fundament, das sich steil aus der Strömung erhob. Dort oben beim Leuchtturm lehnte ein hagerer Schatten, die Finger fest ums Geländer gekrallt, und schaute gebannt in die Tiefe, auf die ungestüm zischende Flut. Das Gesicht war alt und mit alten Augen, mit einem starren, wasserblauen Blick, der tiefer schaute als auf die Oberfläche. Er durchdrang die glitzernden Wellen, die strudelnd die Mauer umspielten, zerschnitt das Blitzen in den Tälern zwischen schaumigem Silber und sprudelndem Weiß. Die vertrockneten Lippen spuckten Worte, die im Rauschen vergingen. Sie waren für keinen Menschen gemacht.

„Der redet wieder mit seinen Gespenstern", sagten die Angler, als sie ihn sahen.

Es war kein Wetter für guten Fang. Die Mole lag schutzlos im Wind. Der Alte stand wie festgewachsen. Die Angler zogen die Schnüre ein. Er hörte ihre Warnungen nicht. Er hörte gar nichts außer den Wellen und murmelte wieder, Beschwörungen, Flüche, drehte das Gesicht in die Ferne, den Blick, der nirgends Halt fand, durchnässt bis auf die Haut, die Stirn dem Wetter preisgegeben. So blieb er, bis die Dämmerung kam, bis die Welt unsichtbar wurde in schwergrauem Dunst.

Endlich kam Leben in den Körper. Den Kopf geneigt, als würde er lauschen, hob er die Hand wie zum Gruß. Dann lachte er, ein raues, rostiges Lachen, als habe es zu lange im Wasser gelegen. Mit einem Ruck drehte er sich um, von morschen Fäden gezogen, vor sich die nachtschwarze Mole, die kein Ende zu haben schien.

Es gab eine Dachkammer, in der er hauste, mit Aussicht auf eine Wand. Bleierne Stille herrschte dort, in den Ecken rieselte der Putz.

„Eine Bleibe auf Zeit", pflegte er zu sagen. „Nichts anderes als ein geräumiger Sarg, und ich will da noch nicht hinein."

Auf dem Weg fanden sich Gelegenheiten, unter Menschen zu sein, auch wenn er meistens allein an der Theke blieb. Kneipenwärme, die ein flüchtiges Gefühl von Geborgenheit gaukelte. Besser als nichts. Besser als allein in den klammen Laken, die sich an ihn schmiegten wie eine tote Haut. Besser als die schlechten Träume, die ihn würgten.

Dann begann er zu trinken. Nicht übermäßig. Nur so viel, dass dieser gewisse Pegel sich einstellte, der die ewigen Wellen und Wogen in seinem Kopf langsamer machte und das Brausen friedlich werden ließ. Mit diesem Pegel konnte er hinterher gut schlafen, ganz ohne schweißnasse Hände, tief in einem watteweichen Nichts.

„Noch ein Bier, Willi?", fragte die dralle Hanni hinter der Theke.

„Ich bin nur auf der Durchreise", murmelte er und starrte in sein leeres Glas.

Hanni begann, ein Neues zu füllen.

„Elende Zeiten damals. Sei froh, dass du sie nicht erlebt hast, Mädchen!"

„Lass gut sein, Willi", tönte es von der Seite her. „Deine Ammenmärchen will heute keiner hören."

„Elende Zeiten, und ein Menschenleben zählte nicht viel!"

„Halt dein Maul, Willi, und trink!"

Und er trank. Sein Kopf sank tiefer über das Glas, und über das nächste und nächste. Die Welt wurde grau, die kalten Wellen schlugen über seinem Kopf zusammen und er tauchte in das alte Ammenmärchen ein, das er in seiner Kindheit erlebt hatte.

Als er acht Jahre war, hatte er schon viel gesehen. Viel mehr als es einem kleinen Jungen gut tat. Aber so waren die Zeiten eben, und er hatte noch Glück gehabt. Seine Erinnerung an die Bombennächte über dem Bremer Westen bestanden aus nichts als Dunkel und Lärm und endeten in den Armen seiner Mutter. Eine sichere Zuflucht, die ihn und seine Schwestern so fest drückten, als hinge der Fortbestand der Welt davon ab. Obwohl es kalt war, hatte er nicht gefroren, und die Angst hatte kein Gesicht bekommen.

Den größeren Kinder ging es schlechter. Sie erinnerten sich an ganz schlimme Dinge. Sie würden das Blut auf den Gesichtern der Toten vor sich sehen und den Geruch der Leichen unter den Trümmern riechen, solange sie lebten. Sein Vetter Horst hatte seine sterbende Mutter im Arm gehalten, als sie im Keller ihres Hauses verschüttet waren und die Mutter an einer inneren Verletzung verging, während ihr leise aber stetig ein blutiges Rinnsal aus dem Mundwinkel lief. Da war Horst fünfzehn gewesen, und er erzählte immer noch davon, manchmal sprach er von gar nichts anderem, obwohl er jetzt fast zwanzig war.

„Der hat eine Schraube locker", flüsterten die Nachbarn sich zu.

Aber auch das war nichts Besonderes. Viele Menschen hatten lockere Schrauben im Kopf, und der ewige Hunger machte sie krank. Kinder liefen wie scheue Tiere umher, spielten in den Trümmern, die noch längst nicht beseitigt waren. Manchmal fanden sie Stücke von Knochen oder Fetzen von

Kleidern. Dann wussten sie wohl, dass das Reste von toten Menschen waren, aber sie dachten sich nichts dabei und sammelten die Knochen und Lumpen ein, um sie dem Lumpensammler, dessen Karren ein magerer Gaul durch die holprigen Straßen zerrte, für ein paar Münzen zu verkaufen. Eigentlich hätten sie alle in der Schule sein müssen, aber es gab Kinder, solche, die zu lange in dunklen Kellern gesessen hatten, die es in geschlossenen Räumen nicht aushielten. Die kriegte man in kein Klassenzimmer hinein. Die erfroren lieber draußen im eisigen Wind, als auf eine geschlossene Tür zu starren mit dem Gefühl, keine Luft zu bekommen.

Willis Kindheit war längst vorbei. Mit seinem Freund Ludger strich er durch die Straßen, um zu sehen, ob sie irgendwo eine Kleinigkeit verdienen konnten, ob sie etwas Nützliches fanden oder ob vielleicht ein paar Kohlen von den Güterzügen fielen.

Ludger war zehn. Sein Vater war in Russland verschollen, seine Mutter trieb sich in den Bars herum, und er hatte einen kleinen Bruder, der wie ein Neger aussah. Ludger hatte nichts zu lachen, noch weniger als Willi und die anderen Kinder in Walle. Die Lehrer glaubten, ihn mit Strenge von einer Karriere auf der schiefen Bahn abhalten zu müssen, und ein paar von den größeren Jungen raunten ihm im Vorbeigehen ins Ohr, dass seine Mutter eine Hure sei, die für ein Stück Schokolade oder eine Zigarette die Beine breit machte.

„Ist das was Schlimmes?“, fragte Willi, der gewisse Dinge noch nicht wusste.

„Halt dein Maul“, sagte Ludger nur.

Ludger fraß alles in sich hinein, ein richtig harter Kerl mit einer dicken Haut. Wenn er Prügel bekam, weinte er nicht. Er spuckte auf seine Mutter und überlegte ernsthaft, seinen kleinen Bruder in die Weser zu schmeißen. Manchmal ging er abends nicht nach Hause, sondern übernachtete in Hauseingängen oder im Gebüsch im Park. Einmal hatte er sogar auf dem Friedhof geschlafen, und es habe ihm gut gefallen, sagte er.

Am liebsten trieben sie sich im Hafen herum. Darin hatten sie längst Routine.

„Unser Vater hat sein Frühstück vergessen. Er arbeitet da hinten als Stauer", sagte Ludger am Zolldurchgang.

Willi zeigte den mit Margarine bestrichenen Brotkanten vor, der eigentlich sein Schulbrot war, und Ludger deutete in eine unbestimmte Ferne.

„Große Schiffe gucken, was Jungs?", fragte der Mann am Zolldurchgang und zwinkerte.

Nicht alle waren so freundlich. Aber zwei oder drei gab es, die sie schon kannten und die keinen Ehrgeiz hatten, ihnen die kleinen Ausflüge zu vergällen.

„Lass die Jungs, die wollen nur Schiffe gucken", sagte der Zöllner zu seinem Kollegen.

„Man kann nicht vorsichtig genug sein", gab der andere zurück.

Aber meistens kamen sie rein. Sie schauten, wie die Schiffe festmachten, schauten den Verladekränen zu, beobachteten, wie an den Zolldurchgängen kontrolliert wurde, damit niemand Kaffeebohnen oder andere wertvolle Dinge aus dem Hafen schmuggelte. Sie malten sich aus, was sie tun würden, wenn eine Ladung mit Lebensmittelpaketen aus Amerika vom Kranhaken fiel, und ob sie sich eines schnappen und damit entkommen könnten, oder wie man es anstellen müsste, über Nacht in einen der langen Schuppen eingeschlossen zu werden, in denen stapelweise Konserven mit exotischen Früchten lagerten, Ananas und Pfirsiche, nebst Marmeladenbüchsen, Mehlsäcken und haltbaren Keksen.

„Ich würde mich die ganze Nacht vollfressen", sagte Ludger. „Am nächsten Morgen könnten sie mich erschießen, das wäre mir egal. Aber wenigstens hätte ich keinen Hunger mehr."

„Was sind denn Ananas?", fragte Willi.

„Das sind Früchte aus Afrika. Runde Scheiben mit einem Loch in der Mitte. Und der Saft ist süß wie Sirup."

„Woher weißt du das?"

„Meine Mutter hat zu Weihnachten eine Scheibe gegessen. Im Golden City hatte ein Ami ein paar Dosen mitgebracht."

„Wir haben ja nicht mal einen Dosenöffner", gab Willi zu bedenken, dem die Aussicht auf eine Nacht im Lagerschuppen Angst bereitete. „Wir würden vor den Dosen sitzen und könnten sie nicht mal aufmachen."

„Du bist eine Memme", sagte Ludger abfällig. „Wenn ich wollte, würde ich das Blech mit meinen Zähnen aufbeißen!"

Meist endeten die Ausflüge damit, dass sie dem Zollgitter bis ganz ans Ende folgten, wo die Freihandelszone nur noch ein schmaler Schlauch war, in dem zwei Gleisstränge verliefen. Das umzäunte Gelände endete an einer Gittertür, die stets sorgfältig verschlossen war. Das war ihr Lieblingsplatz. Hinter dieser Tür, vielleicht fünfzig Meter entfernt, erhob sich der kleine Leuchtturm an der Ausfahrt des Überseehafens, aus dicken, graubraunen Steinen und mit einem kupfergrünen Dach. Er hatte den Krieg unbeschadet überstanden.

„Das ist der Mäuseturm", sagte Ludger, und Willi dachte, dass es in seinem Inneren von Mäusen wimmeln musste. Vielleicht wohnte dort sogar der König aller Mäuse mit seinem ganzen Hofstaat.

Einmal im letzten Herbst hatte der Mann vom Schiffsmeldedienst, der den ganzen Tag dort oben saß und Meldung machte, wenn ein Schiff ins Wendebecken fuhr, ein Einsehen gehabt.

„Dann wollen wir mal", hatte er gesagt, als er am Morgen mit seinem Henkelmann in der Hand erschienen war.

Bedächtig hatte er die Gittertür geöffnet und die beiden Jungen bis zum Turm gehen lassen. Dann hatte er auch die dicke Tür des Turms aufgeschlossen, und sie waren alle zusammen hinaufgestiegen zum oberen Balkon, der auf Höhe des Leuchtfeuers in die Runde verlief. Die Sonne blitzte und auf der Weser glitzerten lauter Diamanten.

„Das ist der schönste Platz der Welt", hatte Willi gesagt.

Ludger hatte nur geschwiegen.

Dann mussten sie zurück. Der Mann hatte die Gittertür wieder verschlossen und den Finger auf den Mund gelegt zum Zeichen, dass sie nichts verraten sollten, denn natürlich war es nicht erlaubt, dass er Unbefugte auf den Turm steigen ließ.

Seitdem hatten sie manchen Tag gehofft, dass die Tür sich noch einmal öffnen würde. Es war fast wie am Ende der Welt. Die Stadt mit ihren grauen Trümmern, aus denen sich allmählich neues Leben erhob, schien meilenweit entfernt zu sein. Der Molenturm lag in der Sonne und zeigte den Schiffen den Weg. Zwischen magerem Unkraut setzten sie sich auf zwei Steine und schauten durchs Gitter auf den Fluss.

„Irgendwann ist der Zaun weg", sagte Willi. „Dann will ich jeden Tag am Molenturm stehen und aufs Wasser gucken."

Sie spannen Geschichten von den Reisen, die sie unternehmen, und den Abenteuern, die sie erleben würden. Ludger hatte Robinson Crusoe gelesen und wollte auf einem Schiff anheuern und die Welt bereisen, sobald sich die Gelegenheit bot. Willi wollte das Gold der Schatzinsel heben, damit er und seine Mutter und seine Schwestern in eine schöne Wohnung ziehen konnten, mit genügend Kohlen für den Winter und einem Vorratskeller, dessen Regale sich von Eingemachtem und Marmeladengläsern bogen.

So verbrachten sie viele Tage. Wenn sie den Hafen verließen, mussten sie manchmal ihre Schultaschen vorzeigen, aber darin war ja nichts Verdächtiges außer ihren Schreibheften und den ungeliebten Büchern.

Es war an einem Montag im Februar. Die Luft war recht mild, aber es war so neblig, dass man kaum die Hand vor Augen sah. Über dem Hafen hing dicker Dunst. In weißen Schwaden kroch er über die Kaimauern. Kräne und Lagerschuppen waren geisterhafte Silhouetten, die aus dem Nichts auftauchten und ebenso heimlich wieder verschwanden.

„Unser Vater hat seine Zange vergessen. Die braucht er zum Arbeiten“, sagte Ludger am Zolldurchgang. Willi zog aus seiner Schultasche einen klobigen Seitenschneider, den er vorsorglich eingesteckt hatte.

„Euch beiden fällt auch immer was ein“, sagte der Zöllner und ließ sie durch. „Wenn euer Vater so ein schlechtes Gedächtnis hat, wird er eines Tages noch seinen Kopf vergessen.“

„Das richten wir ihm aus“, sagte Ludger ernst.

„Schönen Gruß!“, rief der Mann ihnen hinterher. „Und fallt nicht ins Wasser bei der dicken Suppe!“

„Hoffentlich fallen wir nicht wirklich ins Wasser“, sagte Willi ängstlich. Er griff die Hand seines Freundes, und Ludger ließ ihn gewähren.

Als sie die Weser erreichten, folgten sie dem Zollgitter. Das andere Ufer war unsichtbar. Keine Möwe kreiste, nur das Wasser plätscherte leise. Dicht neben ihnen tauchte wie ein dunkles Ungeheuer ein Güterzug aus dem Nebel auf und schob sich im Schritttempo vorbei. Sie machten sich ganz dünn und pressten sich an den Zaun, bis der letzte Wagen verschwand. Das Ächzen und Kreischen in den kalten Schienen war noch lange zu hören. Sie liefen eine Weile, die ihnen sehr lang vorkam, ehe sie endlich den grünlichen Lichtschein ausmachten, das Leuchtfeuer des Molenturms, dessen Umrisse an diesem Tag nur zu erahnen waren. Am Ende des Gitters standen sie vor der verschlossenen Tür. Das Unkraut war zu nass, um sich zu setzen.

„Und was machen wir nun?", fragte Willi mit klappernden Zähnen.

Ludger deutete durch den Zaun. „Guck dir das an, da vorne liegt was!"

Tatsächlich, auf der anderen Seite der Gittertür, nur wenige Meter entfernt, zeichnete sich ein dunkles Bündel ab.

„Das sieht fast aus wie ein Mensch", flüsterte Willi. „Sollen wir dem Zollmann Bescheid sagen?"

„Gib mir die Zange", sagte Ludger. „Das gucken wir uns erst mal selber an. Vielleicht ist das gar kein Mensch, und dann lacht der Zollmann uns aus."

Willi kramte den Seitenschneider aus der Tasche.

„Wir brauchen ja nur ein kleines Loch", flüsterte Ludger. „Dann biegen wir den Draht auseinander. Da kommen wir schon durch."

Verbissen schnitt er knapp über dem Boden an dem dicken Maschengeflecht herum. Von den Barkassen, die rechts am Kai festgemacht waren, kam kein Laut, fast so, als wären sie über Nacht alle zu Geisterschiffen geworden. Der Nebel war ihr Verbündeter. Die Wellen flüsterten leise, irgendwo fielen Tropfen auf den Boden. Ungesehen schlüpften sie auf die andere Seite.

Das Bündel war tatsächlich ein Mensch.

„Eine Leiche", sagte Ludger, der schon viele Leichen gesehen hatte, als er klein gewesen war.

„Eine Frau", flüsterte Willi.

Sie lag auf dem Rücken mit geöffneten Augen.

Ludger stieß ihm den Ellenbogen in die Seite. „Das macht doch keinen Unterschied. Tot ist tot. Fass mal mit an!"

Willi widersprach nicht. Manchmal gab es Dinge, die man tun musste, ob man wollte oder nicht. Das galt auch für Kinder. Die Frau war ganz nass und kalt, aber noch nicht steif. Sie konnte noch nicht lange tot sein. Ludger öffnete ihren Mantel. Um den Leib trug sie eine Tasche, die speziell für diesen Zweck genäht zu sein schien. Mit klammen Fingern öffneten sie den Stoffgürtel, der die Tasche hielt. In der Tasche befanden sich mehrere Päckchen, die ganz fest in Ölpapier gewickelt waren.

„Das sind Zigaretten!“, rief Ludger, als das erste Päckchen geöffnet war. „Und ganz trocken geblieben.“

In zwei anderen Päckchen waren Kaffeebohnen, die womöglich noch kostbarer waren.

„Weißt du, was das wert ist?“ Ludgers Atem dampfte heiß. „Dafür bekommen wir so viel Brot und andere Sachen, sodass wir wochenlang zu essen haben.“

„Wo mag sie hergekommen sein?“, fragte Willi, der gerade gar nicht ans Essen denken konnte. Die Tote war noch jung gewesen, ihr Gesicht war glatt und schön. Die nassen Haare ringelten sich um ihren Hals.

„Von da drüben natürlich“, sagte Ludger und deutete in die weiße Leere. „Jemand hat ihr die Sachen durchs Gitter gereicht. Sie wollte sie mit dem Ruderboot über die Weser bringen. Das machen doch viele Leute so.“

„Und warum ist sie dann hier und nicht drüben?“

„Weil das Boot untergegangen ist, Dummkopf! Stell dir vor, eine Frau alleine mit einem Boot, nachts und bei dem Nebel. Das kann ja nur ein Unglück geben“, sagte Ludger auf eine Weise, die keinen Widerspruch zuließ. „Das Boot ist an die Steine getrieben und hat ein Leck bekommen. Und dann …“

Er breitete die Hände aus. „Halbtot ist sie hier raufgekrabbelt. Und dann ist sie ausgerutscht und hat sich das Genick gebrochen. Ist doch auch egal."

Willi fand nicht, dass es egal war, aber das wagte er nicht zu sagen. Ludger hatte ein rotes Gesicht und redete hastig, und in solchen Fällen gab man ihm besser Recht.

„Sie kann hier nicht so liegen bleiben", sagte er. „Gleich kommt der Mann mit dem Schlüssel. Wenn der sie findet, und wenn uns jemand gesehen hat, geraten wir gleich in Verdacht. Dann heißt es am Ende, wir hätten was damit zu tun. Und die Sachen sind wir dann auch wieder los."

Willi schauderte es. „Was sollen wir denn machen?"

„Wir rollen sie über den Rand ins Wasser. Dann ist sie weg."

Das klang ganz leicht. Eine saubere Lösung.

„Vielleicht ist sie nicht wirklich tot", sagte Willi zaghaft. „Ich glaube, ihre Hand hat sich eben bewegt."

„Du bist ein Waschlappen! Natürlich ist sie tot."

Zum Beweis hob Ludger einen Arm der Frau hoch und ließ ihn dann los. Stumpf klatschte er auf den nassen Boden.

„Siehst du, die merkt nichts mehr. Und jetzt los, wir müssen uns beeilen! Sie ist verdammt schwer. Alleine schaffe ich es nicht."

Willi ließ sich auf die Knie nieder und schob seine kalten Hände unter die Beine der Toten, während sein Freund ihren Oberkörper rollte, in die Richtung, wo ein Teil des Geländers fehlte. Sie war wirklich schwer, schwerer als ein riesiger Stein. Die Sonne mühte sich durch den Nebel und begann die Schwaden aufzusaugen. Die Umrisse des Molenturms wurden klarer. Und als das kupferne Dach im ersten reinen Strahl erglühte, rollte die Tote die steile Böschung hinab. Es platschte einmal, dann war sie im Wasser verschwunden.

„Jetzt nichts wie weg!", drängte Ludger, während sie sich den Dreck von den Hosen klopften.

Sie krabbelten zurück und bogen den Draht wieder in

Form, sodass das Loch nicht gleich ins Auge fiel. Dann drapierten sie noch etwas Unkraut davor und stahlen sich zwischen den Güterwagen davon. An einer stillen Stelle teilten sie ihre Beute. Ludger wog die Kaffeepäckchen mit den Händen.

„Das sind mehr als anderthalb Pfund für jeden", stellte er fachmännisch fest.

Willi schwieg.

„Nun die Zigaretten", sagte Ludger. „Elf Schachteln. Das macht für jeden fünf."

Er schob Willi seinen Anteil hin. Das elfte Päckchen war aufgerissen, drei Zigaretten fehlten. Wortlos schlug Ludger diese Schachtel seinem eigenen Anteil zu, als könne es gar nicht anders sein. Willi sagte nichts dagegen. Es erschien ihm sogar ganz gut, denn wenn Ludgers Gewinn größer war, trug er auch die größere Schuld an dem, was sie getan hatten.

Sie schoben sich die Zigarettenschachteln in die Hosen. Die Kaffeepakete versteckten sie in den Schultaschen, ganz unten unter den Büchern.

„Sie haben uns noch nie richtig kontrolliert", sagte Ludger, als sie sich dem Zolldurchgang näherten. „Warum sollten sie es heute tun? Wir dürfen uns nur nichts anmerken lassen."

Willi nickte, obwohl er nicht wusste, wie er das anstellen sollte.

„Schönen Gruß von unserem Vater", sagte Ludger höflich, als sie an die Reihe kamen. „Er hatte schon dringend auf die Zange gewartet."

Der Zollmann nickte.

„Lass sie mal die Taschen aufmachen", sagte sein Kollege. „Es geht nicht, dass die hier immer so ein- und ausgehen."

Willi packte vor Schreck Ludgers Hand. Aber noch ehe dieser sie abschütteln konnte, gab es ein Stück hinter ihnen einen Tumult. Eine der Frauen, die in den Lagerhäusern arbeiteten, gab plötzlich vor, dass ihr schlecht sei, und krümmte sich und stöhnte laut. Diese Gelegenheit nutzten zwei andere Frauen, um sich an dem Zöllner vorbeizudrücken.

„Bleiben Sie stehen!“, rief der ihnen hinterher.

Die Frauen begannen zu rennen, die Zöllner ihnen nach, und diese Gelegenheit nutzten die Jungen, um sich aus dem Staub zu machen.

„Glück gehabt“, sagte Ludger, als sie den Waller Stieg erreichten. „In der nächsten Zeit lassen wir uns hier besser nicht mehr sehen.“

Als Willi nach Hause kam, stand seine Mutter vorm Herd und rührte mit dem Holzlöffel in einer Wassersuppe. Sie sah müde aus. Sie hatte schon viele Trümmer geschleppt. Außerdem arbeitete sie in einer Näherei und an den Wochenenden putzte sie Leuten, denen es besser ging, die Wohnungen. Sie rackerte sich ab, um Willi und seine Schwestern durchzubringen, und sah viel älter aus, als sie in Wirklichkeit war. Vorne fehlte ihr ein Schneidezahn. Den hatte sie eingebüßt, als sie bei einem Luftangriff gerannt war, zwei Kinder auf dem Arm und eines an der Hand. Sie war gestürzt und mit dem Gesicht auf den Bordstein geschlagen, und niemanden hatte es interessiert.

Inge und Gisela saßen am Küchentisch und warteten still auf das Essen. Aber es war nicht viel Holz da gewesen, um den Herd anzufeuern, und die dünne Brühe begann nicht zu kochen.

„Wo bist du gewesen?“, fuhr seine Mutter ihn an, als Willi sich in eine Ecke drückte.

Statt Antwort zu geben, legte er stumm Kaffee und Zigaretten auf den Topfschrank.

Seine Mutter wischte sich über die Stirn. „Woher hast du das?“

„Gefunden“, sagte er leise.

Sie fragte nicht weiter nach wo und wann. Hastig schob sie die Sachen hinter die Teller und Töpfe. „Bist ja doch zu was zu gebrauchen."

Danach schalt sie ihn nie wieder, wenn er spät nach Hause kam. Er war ganz plötzlich ein Mann geworden.

Später lernte Willi bei einem Klempner, und auch Ludger geriet nicht auf die schiefe Bahn. Er suchte sich Arbeit auf einer Barkasse und konnte zum Molenturm fahren, wann immer er wollte.

„Willst du mit?", fragte er manchmal.

Und Willi sagte niemals nein. Dann standen sie dort am Geländer. Ludger schaute in die Ferne, Willi aufs Wasser.

„Weißt du noch?", begann er manchmal.

„Nee, hab ich vergessen", sagte Ludger und spuckte in die Tiefe.

Sie kauten Kaugummi und teilten sich eine Zigarette. Meistens schwiegen sie. Sie wussten alles voneinander und mussten sich nicht viel erzählen. Willi dachte an die Frau im Wasser, Ludger an Amerika. Er sparte jeden Pfennig. 1963 hatte er alle Papiere zusammen und genug Geld für ein Flugticket nach San Francisco.

„Leb wohl", sagte er beim Abschied. „Ich komme nicht zurück. Ich halte es hier nicht mehr aus."

Willi blieb in Walle. Er hielt es nirgendwo anders aus. Abends ging er spazieren, meist irgendwo an der Weser, im Hafen unter den Kränen. Viel später, als die Zollgrenze wegfiel und das alte Gitter abgebaut wurde, ging er oft zum Molenturm. Es konnte passieren, dass er die ganze Nacht an dem Geländer stand und einfach nur schaute. Und jedes Jahr am zwölften Februar stellte er ein Grablicht an den Rand der Mole, ein roter Glühwurm in der Finsternis.

Ludger kam wirklich nie zurück. Zu Anfang schrieb er noch manchmal, Ansichtskarten von der Golden Gate Bridge, von Straßen, an denen Palmen wuchsen. Dann wurden die Abstände zwischen den Karten länger und irgendwann blieben sie ganz aus. Fast dreißig Jahre hörte Willi nichts von ihm. Er wusste nicht einmal, ob Ludger, der sich in den Staaten in Louis umbenannt hatte, noch lebte. Dann an einem Montag im Februar lag Post aus Amerika im Kasten. Ein bläulicher Umschlag, darin ein handgeschriebener Zettel. Die Schrift war dünn und windschief. Es waren nur wenige Worte:

„Zahle unsere Schulden. Es lässt mir keine Ruhe."

Dir also auch nicht, dachte Willi.

Eine Woche später kam ein weiterer Brief, dessen schwarzer Rand keinen Zweifel über die Natur der Nachricht ließ. Willi öffnete den Umschlag mit langsamen Fingern. Ludger war tot, gestorben in einem Altersheim in Santa Monica.

„Unsere Schulden", sagte Willi bei sich. „Drei Pfund Kaffee und elf Schachteln Zigaretten."

Er erhob sich und zog die Regenjacke an. Ludger hatte recht. Alte Schulden musste man begleichen, sonst hörten sie niemals auf zu drücken.

Der Molenturm reckt sich düster gen Himmel. Er sieht viel größer aus als sonst. Der alte Mann schaut aufs Wasser und spricht: „Ich hatte niemals vor, so alt zu werden. Und es war auch nicht meine Schuld damals."

Die Wolken ballen sich zusammen. Weserwasser spritzt durch die Luft.

„Wir waren noch Kinder. Und wir haben dich nicht umgebracht."

Dann schweigt er.

„Ist es nicht seltsam", sagt er schließlich. „Alle anderen sind längst tot. Niemand teilt mehr meine Erinnerung. Du bist die Einzige. Die Einzige, die mir noch zuhört und versteht, was ich sage. Die Einzige, die weiß, wovon ich rede und wie es damals wirklich war."

Er lehnt sich ans Geländer, zieht eine Schachtel aus der Tasche und öffnet sie.

„Drei Stück fehlten damals, das habe ich nicht vergessen."

Er zündet sich die erste Zigarette an. „Du wirst nichts dagegen habe, wenn ich sie jetzt rauche? Ich könnte sie dir natürlich als Zinsen lassen, aber nach so vielen Jahren wirst du nicht kleinlich sein."

Sein Lachen ist trocken. Der Tabak auf der Zunge tröstet ihn. Er redet noch eine ganze Menge, während er raucht, und spürt die Kälte nicht mehr. Mit klammen Fingern öffnet er die Folie der Kaffeepäckchen. Das Kaffeepulver wirbelt durch die Luft und bildet auf dem Wasser einen rasch vergänglichen Schleier.

„Asche zu Asche", murmelt er leise.

Dann lässt er Stück für Stück die Zigarettenschachteln ins Wasser fallen.

„Ich gebe alles zurück. Ich kaufe mich frei. Mich und die Seele von Ludger. Nimm alles zurück und verschwinde!"

Er zögert einen Moment, als würde er auf etwas warten. Aber nichts geschieht. Mit dem Rest der dritten Zigarette im Mund dreht er sich um.

Da steigt hinter ihm eine Wolke aus dem Wasser, kalt und garstig und sprühend. Eine Böe fegt ihn gegen das Geländer zurück. Er schreit auf, doch der Wind verschluckt seine Stimme. Eine Welle schlägt über die Mole und reißt ihm die Füße weg. Es riecht nach modrigem Seetang, eine sandige Stimme flüstert ihm ins Ohr. Eine kalte Hand legt sich um sein Herz und drückt immer fester zu. Er wird bleich, sein Atem stockt. Der Schmerz in der Brust ist unbeschreiblich, Wellenschaum küsst ihm die Lippen, graugrün im fahlen Abendlicht. Er fühlt sich gezogen mit unmenschlicher Kraft, und dann geht es tief und tiefer in die ewige Nacht.

„Bei dem war sowieso eine Schraube locker", sagten die Leute später, als man ihn fand. „Wahrscheinlich war es so das Beste für ihn."

Alte Liebe

Rotlichtviertel am Hafen, 1950er-Jahre

In der Leutweinstraße liegt eine Leiche. Ja, das ist wirklich wahr. Woher ich das weiß? Ich habe sie selber dort vergraben. Umgebracht habe ich den Kerl. Mit einem eisernen Rohr ihm den Kopf zerschlagen. Man könnte es auch ein Unglück nennen, denn eigentlich war es nicht gewollt. So geht das wohl meistens. Es passiert dann eben.

Das war im Jahr 1954. Aber um es wirklich zu verstehen, um sich ein Bild von den Umständen zu machen, die damals herrschten, greife ich weiter zurück, bis in die Zeit direkt nach dem Krieg. Da war ich dreizehn und hatte viele Erinnerungen im Kopf, die kein Kind in dem Alter haben sollte. Die toten Menschen in unserer Straße, die gar keine Straße mehr war, sondern nur ein Haufen Schutt. Meine Mutter war an Grippe gestorben, mein Vater war schon lange vermisst. So war das damals eben, und eine Tante, die Schwester meines Vaters, die in Findorff wohnte, hatte mich Ende 1944 bei sich aufgenommen. Sie hatte eine Wohnung ganz oben in einem Reihenhaus. Da ging es uns gut, auch wenn wir kaum was zu essen hatten. Als im folgenden Mai der Krieg vorbei ging, war ich so dünn wie ein Stint.

„Nun fangen wir wieder an zu leben“, sagte meine Tante an diesem Abend. „Und zu essen gibt es auch bald was.“

Und wirklich, in den nächsten Wochen und Monaten besserte sich unsere Lage auf fast wundersame Weise. Tante Erna fütterte mich heraus. Sie war wirklich gut zu mir, war ich doch der Sohn ihres Bruders, den sie nicht wieder sehen würde. Lange Zeit verstand ich nicht, wie sie das machte, immer an Brot und Kartoffeln zu kommen, an ein Eckchen Butter oder Speck, während die anderen buchstäblich ihre Schuhsohlen auskochen mussten, um ein bisschen Fett in die Suppe zu kriegen.

Es waren nun viele Amis in der Stadt, und die hatten Geld. Die konnten Essen und Zigaretten besorgen, und wer ihr Freund war, dem ging es gut. Allmählich begriff ich, worum es ging. Man musste sich arrangieren. Gestern Feind und heute Freund, dann konnte man überleben. Im Oktober wurde das Fraternisierungsverbot aufgehoben.

„Das Versteckspiel ist vorbei, jetzt wird es leichter", sagte Tante Erna froh.

Ich verstand erst viel später, was das hieß. Ich dachte auch gar nicht darüber nach. Im Hinterkopf hatte ich das vage Gefühl, dass es manchmal besser sein konnte, nicht alle Dinge bis ins Detail zu kennen.

Zu Weihnachten steckten wir Wachslichter an einen kleinen Baum. Ich bekam ein neues Paar Schuhe. Richtige Schuhe aus glattem Leder. Kein einziger Kratzer war daran. So etwas kriegte man gar nicht zu kaufen. So etwas gab es gar nicht mehr, jedenfalls nicht für normale Menschen.

„Sind das Schuhe von den Amis?", fragte ich beinahe ehrfurchtsvoll.

Tante Erna nickte. „Siehst du den Stempel da? Die kommen aus Boston, das ist in der Nähe von New York. Sie sind eine Nummer zu groß für dich, aber da wächst du sicher bald rein. Pass nur auf, dass sie dir keiner wegnimmt!"

„Danke!", sagte ich und umarmte sie, obwohl ich dafür eigentlich zu groß war.

Dann ging Tante Erna zum Besenschrank und holte eine Dose Fleisch hervor, die wohl im Kasten mit den Putzmitteln versteckt gewesen war. Corned Beef stand auf der Dose. So etwas hatte ich noch nie gegessen. Sie briet es mit Zwiebeln und machte Kartoffeln dazu. Das war unser Weihnachtsessen. Ich hatte nicht gewusst, dass etwas so gut schmecken konnte. Zum Nachtisch öffnete sie eine Dose Pfirsiche. Ich hatte nicht mal gewusst, dass es Pfirsiche in Dosen gab. Sie waren köstlich und süß. Wir aßen sie alle auf.

„So ist es gut", sagte Tante Erna und schüttete mir den restlichen Saft in mein Schälchen. „Iss heute, was du essen kannst. Dann hast du es wenigstens gehabt. Wir müssen jeden Tag aufs Neue leben. Die Zukunft kommt von ganz allein."

Wieder verstand ich nicht, was sie meinte, aber es erschien mir auch nicht wichtig zu sein. Schließlich war Heiligabend. Als wir mit dem Essen fertig waren, spülte Tante Erna ab, und ich probierte die Schuhe an. Sie drückten an keiner Stelle, sie waren von hervorragender Qualität. Tante Erna lächelte und zog eine Schachtel aus ihrer Manteltasche. Ich hatte vorher nie gesehen, dass sie rauchte. Außerdem war es fast noch schwieriger, an Zigaretten zu kommen als an Schuhe und Fleisch.

„Ich habe doch neulich gesagt, das Versteckspiel ist zu Ende. Du wirst es schon noch verstehen. Nur soviel: Wenn die Nachbarn zu tratschen beginnen, dann ist das nur Neid. Was immer ich mache, es geschieht zu unserem Besten. Und nur darauf kommt es an."

Sie sprach in Rätseln. Ich war nun vierzehn, aber in gewisser Hinsicht noch ziemlich dumm. Ein Junge eben, der nichts von der Welt kannte als Trümmer und Krieg. An die Zeit davor erinnerte ich mich kaum, und die Zukunft lag in der nebelhaften Ferne.

Tante Erna verschwand in ihre kleine Schlafkammer. Ich schaute auf die Kerzen am Baum und dachte an meine Mutter. Wie schade, dass sie nicht mehr bei uns war. Dann klappte die Tür, und ich wischte mir rasch eine Träne fort.

Tante Erna war damals sechsunddreißig. Das war nicht mehr besonders jung, aber sie hatte sich gut gehalten und war noch immer eine hübsche Frau. Sie hatte das Kleid angezogen, das am wenigsten abgetragen war, und sich den Mund mit Lippenstift rot gemalt. Das hatte ich ebenfalls noch nicht gesehen. Sie lächelte.

„Ich bin doch keine alte Frau. Ich will mich auch manchmal schön machen."

Dann zog sie ihren Mantel an und holte einen neuen Hut aus dem Schrank. Sie setzte ihn sich schräg übers Auge. Er verdeckte ihr halbes Gesicht, und ich wusste auf einmal, dass sie das tat, damit man sie in der Straße nicht gleich erkannte.

„Ich gehe jetzt aus", sagte sie. „Wahrscheinlich wird es sehr spät."

Sie zögerte etwas. „Kann auch sein, dass ich erst morgen früh wiederkomme. Aber du bist ja schon groß. Oder fürchtest du dich, hier in der Wohnung alleine zu sein?"

„Natürlich nicht", sagte ich rasch.

Sie lächelte und holte noch ein Päckchen hervor, das in einfaches braunes Papier eingeschlagen war. „Ich werde jetzt abends öfter weg sein. Das ist für dich, damit du dich nicht langweilst."

Ich wollte etwas fragen, hatte aber plötzlich das Gefühl, dass ich es besser lassen sollte.

„Vergiss nicht, nachher die Kerzen am Baum auszupusten. Sonst brennt uns noch die Wohnung ab."

Dann ging sie fort, mit leisen Schritten die Treppe im Hausflur hinab. Ich schaute aus dem Fenster und sah, wie sie mit gesenktem Kopf rasch die Straße entlanglief. Ich öffnete das Päckchen. Es war der erste Band von Winnetou, den ich mir immer gewünscht hatte. Es gab Leute, die jetzt Bücher und all ihre andere Habe gegen Lebensmittel tauschten. Tante Erna musste ihn auf diese Weise bekommen haben. Es war auch egal. Ich löschte die Kerzen am Baum bis auf eine, die günstig vor meiner Nase saß, zog die Knie auf den Stuhl und begann zu lesen.

Von da an ging Tante Erna jeden Abend fort. Nur an den Sonntagen blieb sie zu Haus. Dann war sie müde, als habe sie tagelang gefeiert. Und das hatte sie wohl auch. Ihr Mantel roch immer nach Rauch und sie lutschte Pfefferminz, damit man ihre Fahne nicht bemerkte. Sie fragte mich, wie es in der Schule ginge, und ich sagte, es wäre alles gut. Im Klassenzimmer stand jetzt ein kleiner Ofen, an Brennholz mangelte es allerdings. Wir durften unsere Jacken anbehalten, sofern wir welche besaßen, und manchmal erlaubte der Lehrer, dass wir mit den Stühlen dicht an den Ofen rückten, vor allem in so beiläufigen Stunden wie Erdkunde und Religion, wo es nicht viel aufzuschreiben gab.

Tante Erna nickte abwesend zu meinen Worten. Sie schlief beinahe im Sitzen ein, und als ich über die Schule nichts mehr zu sagen wusste, legte sie sich ins Bett und zog die Decke hoch. Ich ließ sie schlafen. Als der Frühling kam, lernte ich meine neuen Freiheiten schätzen. Zum fünfzehnten Geburtstag bekam ich ein richtiges Herrenhemd geschenkt. Damit und mit den Ami-Schuhen, die ich sorgfältig pflegte, kam ich mir nun fast erwachsen vor. Ich begann herumzustrolchen und die Zeit mit älteren Schulkameraden und deren Freunden zu verbringen. Da ich regelmäßig über Kaugummis verfügte und Tante Erna gelegentlich auch eine oder zwei Zigaretten stibitzte, von denen jeder dann ein paar Züge bekam, waren sie meistens freundlich zu mir.

Im Sommer begann ich, die Schule zu schwänzen, erst nur ab und zu, dann mit größerer Regelmäßigkeit. Die älteren Jungen gingen schon in die Lehre. Die anderen schauten mal hier, mal da, ob es etwas zu verdienen gab. Einer von ihnen, er hieß Ernst, erzählte von seinen Erfahrungen mit Weibern. Ja, er sagte „Weiber“, nicht Mädchen oder Frauen. Er war fast zwanzig, und vielleicht hatte er wirklich all die Dinge gesehen und getan, mit denen er vor uns prahlte.

„Deine Mutter ist ja auch ganz flott“, sagte er eines Tages zu mir. „Wenn sie mal Zeit für mich hat, schaue ich gerne bei euch vorbei.“

Das war so dreist, dass mir der Mund offen stehen blieb.

„Das ist nicht meine Mutter. Das ist meine Tante“, brachte ich schließlich hervor.

„Egal. Also wenn sie Zeit hat, dann sag mir Bescheid.“

„Ich glaube nicht, dass sie Zeit für dich hat. Sie arbeitet schließlich jeden Tag“, sagte ich kalt.

„Was arbeitet sie denn?“, fragte er mit breitem Grinsen.

„Sie ist Sekretärin bei einem Arzt.“ In Wirklichkeit wusste ich ja gar nicht, was sie tat.

„Bei einem Arzt, aha …“ Ernst schien einen Moment zu zögern, ob er mir das Folgende auch wirklich sagen sollte, aber die Bosheit siegte natürlich. „Dann geh mal am Abend nach Walle, zu Günzel oder zu Mutti Weiss. Dann kannst du sehen, was sie da macht.“

„Sie hat einen Verehrer, mit dem geht sie aus. Das ist ja wohl nicht verboten!“

Ernst schnalzte mit der Zunge, sodass es ein unanständiges Geräusch gab. „EIN Verehrer ist wohl etwas untertrieben. Was meinst du denn, woher deine Schuhe kommen, und die Kaugummis, die du kaust?“

Wäre er nicht so viel stärker gewesen als ich, hätte ich ihm eine geklebt. So beschränkte ich mich auf ein gepresstes „Du spinnst doch!“ und drehte ihm den Rücken zu.

Günzel und Mutti Weiss waren Gaststätten in der Nähe vom Hafen, und sie hatten nicht den besten Ruf. Am Hafen verkehrten nun viele Amis. Die hatten ja sonst nichts, wo sie abends hingehen konnten. In ihren Unterkünften hockten sie nur aufeinander. Und vor allem waren sie allein. So konnte es natürlich passieren, dass eine hübsche Frau, wenn sie abends ausging, einen amerikanischen Verehrer fand. Und wenn sie dann nett zu ihm war, machte er ihr Geschenke. Ob diese Geschenke nicht eher eine Bezahlung waren für gewisse Dinge, mochte ich nicht entscheiden.

Ein paar Tage später jedenfalls, als meine Tante abends das Haus verließ, schlüpfte ich in Schuhe und Jacke und lief ihr heimlich hinterher. Nach Walle war es ein ziemlicher Weg und ihre Absätze klapperten eilig. Ich folgte ihr in einem guten Abstand. Als wir die Nordstraße erreichten, blieb Tante Erna in der Nähe der kaputten Schule stehen. Sie zog einen kleinen Spiegel aus der Tasche und richtete sich das Haar. Dann malte sie ihren Lippenstift nach und bog mit gemächlicheren Schritten in die Wißmannstrasse ein.

Also doch, dachte ich ernüchtert. Hatte Ernst, der Stinkstiefel, tatsächlich recht gehabt. Denn hier, direkt am Tunnel zum Hafen, befanden sich die schlimmsten Lokale der Stadt. Tante Erna verschwand hinter der Tür von Mutti Weiss. Direkt nach ihr betraten drei Amis das Lokal. Es mussten Amis sein, denn sie waren gut gekleidet und einer von ihnen war ein Schwarzer. Da stand ich nun und wusste nicht, was ich tun sollte. Hineingehen konnte ich ja schlecht. Und was ging es mich schließlich an, was sie machte?

Natürlich ging es mich was an, denn sie verdiente hier das Geld für mein Essen. Sonst würde ich auch nicht mit dem neuen Hemd und den Schuhen herumlaufen können. Nach einer Weile trottete ich beschämt zurück nach Hause. In der nächsten Woche machte ich mich rar und blieb nach der Schule lange aus.

„Was ist mir dir los?“, fragte sie nach ein paar Tagen.

„Nichts“, sagte ich wortkarg und schaute sie nicht an.

„Rede keinen Unsinn. Also raus mit der Sprache!"

Ich druckste noch einen Moment herum. Dann sagte ich: „Ernst hat dich gesehen. Ich weiß, wo du abends hingehst."

„Welcher Ernst?", fragte sie fast erheitert.

„Ernst Gutmann aus der Herbststraße. Du brauchst es also nicht zu bestreiten."

„Wieso sollte ich etwas bestreiten", sagte sie streng und fasste mich am Arm. „Nun hör mal zu, mein kleiner Moralprophet. Wir wollen doch beide essen und leben. Oder ist dir plötzlich trockenes Brot genug?"

Ich gab keine Antwort.

„Das dachte ich mir", sagte Tante Erna.

Dann versuchte sie, es so zu erklären, dass es irgendwie anständig klang: „Lass die Leute ruhig reden. Ich bettle nicht und ich nehme niemandem was weg. Es ist eine Arbeit wie jede andere, nur dass sie etwas besser bezahlt wird. Ich bin deswegen kein schlechterer Mensch."

„Das habe ich ja auch nicht gesagt", sagte ich kleinlaut. „Sind die Männer wenigstens nicht gemein zu dir?"

„Du bist ein lieber Junge", sagte Tante Erna. „Nein, sie sind nicht gemein zu mir. Die meisten sind sogar recht nett. Sie fühlen sich einsam hier so fern von ihrer Heimat. Und da leisten wir ihnen ein bisschen Gesellschaft."

„Und sie geben euch dann Geld dafür?"

„Ja", sagte Tante Erna ruhig. „Oder Büchsen mit Fleisch oder Kaffee und Schuhe. Sie haben doch alles. Sie wissen gar nicht, wem sie es sonst geben sollten. In Zeiten des Hungers kennt die Liebe viele Währungen. Schnaps, Zigaretten, Seidenstrümpfe. Das braucht man doch, um ein bisschen glücklich zu sein. Das ist alles ganz menschlich, und wenn du älter bist, wirst du es verstehen."

Genauer wollte ich es im Moment gar nicht wissen. Ich verkroch mich in mein Eckchen und las *Durchs wilde*

Kurdistan. Meine Sammlung an Karl-May-Bänden hatte sich in den letzten Monaten beachtlich vergrößert. Es stimmte schon, gestand ich mir ein, auf gewisse Dinge will man nicht gerne verzichten.

„Kann ich nicht einmal mitkommen?", fragte ich später am Abend, und die Frage war wirklich dumm.

„Soweit kommt das noch!", schimpfte Tante Erna. „Dass du dich bloß nicht da drüben sehen lässt, sonst bekommen wir beide Ärger miteinander!"

Ein Jahr später war ich sechzehn und tat die meiste Zeit, was ich wollte. Die Schule interessierte mich kaum noch. Im Sommer machte ich den Abschluss, der dank zahlreicher Fehlstunden und mangelnden Lerneifers reichlich dürftig ausfiel.

„Was willst du nun tun?", fragte Tante Erna. „Soll ich mich nach einer Lehrstelle für dich umhören?"

Ich schüttelte den Kopf. „Ich will erstmal richtiges Geld verdienen. Und das kann man nicht in der Lehre. Ich bin stark, ich kann Bierkisten und Säcke schleppen und andere Arbeiten tun."

„Wenn du das ernst meinst, kannst du morgen mit mir kommen. Bei Günzel brauchen sie eine Hilfe. Du bist nun kein Kind mehr, und es wird dir nicht schaden zu sehen, wie das Leben wirklich läuft."

Am nächsten Abend ging ich also mit, mit einer ordentlichen dunklen Hose und einem neuen Hemd, an den Füßen die Ami-Schuhe, die mir immer noch passten. Meine Haare hatte ich mit Öl geglättet und auf den Kopf eine Mütze gesetzt.

„Merk dir nur eins", sagte Tante Erna auf dem Weg. „Du wirst viele Dinge sehen, die dir seltsam oder ungehörig erscheinen. Stell keine Fragen und gewöhne dich daran. Es wird da sehr viel Alkohol getrunken. Du trinkst nichts, das versprichst du mir! Die Wirtin ist eine freundliche Frau. Du machst die Arbeit, die man dir aufträgt, und du wirst sehen, morgen früh hast du richtiges Geld verdient."

Ich nahm mir fest vor, mich nicht dumm anzustellen. In dieser Nacht sah ich Dinge, von denen nicht mal Ernst was zu erzählen wusste. Die Gäste soffen ein Glas nach dem anderen, die anwesenden Frauen kaum weniger. Zwischendurch verschwanden die Pärchen nach draußen und kamen dann irgendwann zurück. Ich tat, als sähe ich das alles nicht. Ich trug Getränke zu den Tischen, schmierte in der Küche Brote mit Leberwurst und Schmalz, fegte die Zigarettenstummel auf dem Fußboden zusammen und wischte in einer Ecke Erbrochenes auf.

„Hast dich wacker geschlagen, Junge", sagte die Wirtin um drei Uhr früh. „Und vor allem hast du nicht gemeckert. Wenn du willst, komm morgen wieder."

Sie zahlte mir den Lohn für die Arbeit aus, ein bisschen amerikanisches Kleingeld, ein paar Zigaretten, was zu der Zeit die beste Währung war. Dann gab sie mir noch ein dickes Leberwurstbrot mit für den Weg. Ich war müde und stolz auf mich selbst. Es gefiel mir sofort, dies zügellose Leben, und in der Tasche hatte ich mehr, als ich für zwei Wochen Arbeit in einer Handwerkerlehre bekommen hätte.

Von diesem Tag an arbeitete ich sechs Tage in der Woche in dem Lokal als Handlanger, Hilfskellner und Brötchenschmierer. Ich lernte Spiegeleier braten, ohne dass das Eigelb kaputtging, wenn die Wirtin keine Zeit für die Küche fand, und hatte bald raus, welche Gäste freigiebig waren und wessen Taschen sich vor Dollars und Kaugummis beulten. Gelegentlich gab es Besuch von der Polizei, denn unter Betrunkenen sind Schlägereien keine Seltenheit. Sobald vor der Tür der Wagen hielt, ließ ich alles stehen und liegen und lief die kleine Treppe rauf in die Kammer, wo die Wirtsleute schliefen. Da war an der Wand ein zusätzliches Feldbett aufgestellt. Ich zog die Schuhe aus und stellte mich schlafend, für den Fall, dass die Polizei auch hier oben nachsehen kam.

„Machen Sie nicht solchen Lärm!“, hörte ich einmal die Wirtin flüstern. „Das ist der Sohn von Bekannten. Der ist bei uns zu Gast und ich habe ihn schon zu Bett geschickt.“

Dann schloss die Schlafzimmertür sich leise wieder. Ich war noch minderjährig, und niemandem war daran gelegen, dass man meine Papiere überprüfte und mich am Schlafittchen abtransportierte. Nach einer Weile konnte ich mir ein anderes Leben kaum noch vorstellen, und der Gedanke an eine anständige Lehre war in weite Ferne gerückt.

Im Jahr darauf gab es neues Geld. Die D-Mark hatte richtigen Wert, und die Zigaretten dienten als Geldersatz aus. Dollars kursierten weiter und waren heiß begehrt. Wir tauschten sie mit den Seeleuten zum Spezialtarif. Wenn die Männer so richtig voll waren, merkten sie ohnehin nichts mehr. Ende 1948 hörte ich bei Günzel auf. Kleine Lokale schossen nun wie Pilze an allen Ecken aus dem Boden. Den Anfang hatte der Elefant an der Nordstraße gemacht. Dann folgten die anderen in schnellem Tempo. Im Grunde waren es bessere Baracken, und in allen fand man das Gleiche: Harte Getränke und willige Frauen. Es kamen immer mehr Schiffe nach Bremen, und mit ihnen kamen Seeleute aus aller Welt, die sich amüsieren wollten. Eine Weile arbeitete ich im Golden City, wo ich mehr oder weniger die gleiche Arbeit tat und gelegentlich für Ordnung sorgte. Ich selbst trank nur hin und wieder mal ein Schlückchen. Ich legte mein Geld zurück, denn mein Traum war es, in ein paar Jahren ein eigenes Auto zu kaufen und eine Taxilizenz zu erwerben. Dann wäre ich mein eigener Herr und niemand könnte mir mehr reinreden.

Ich wohnte noch immer bei Tante Erna, und wir vertrugen uns gut. Tante Erna war klug. Sie verprasste ihr Geld nicht kopflos. Auch sie legte den größten Teil zurück.

„Schönheit ist leider schnell vergänglich", sagte sie einmal, als sie das erste graue Haar bei sich entdeckte. „Ich kann das so nicht ewig machen. Und ich will selbst bestimmen, wo der Zug hinfährt."

1950 hatte sie genügend Geld beiseitegelegt, um ein eigenes Lokal zu übernehmen, und zwar die Alte Liebe in der Leutweinstraße. Die Trümmerberge an den Straßen wurden allmählich kleiner, und an ihrer Stelle wuchsen neue Häuser aus dem Schutt. Tante Erna zog in eine moderne Wohnung am Waller Ring, und ich bekam ein Zimmer über der Bar. Tagsüber war es meistens ruhig. Ich schlief bis gegen Nachmittag, bis die Tür sich unten wieder öffnete und der Betrieb begann.

Jeden Abend saßen bei uns Frauen und warteten auf Gäste. Einige waren wirklich jung und hübsch. Aber auch die anderen, die nicht mehr ganz so taufrisch waren, fanden in der Nacht dann ihre Gönner, denn nach dem zwölften oder fünfzehnten Bier und bei schummrigem Licht sah keiner ihre Falten mehr. Ab und zu hatte ich selbst ein Mädchen. Aber das hielt nie lange Zeit. Das war fürs Vergnügen, nicht mehr. Eine richtige Freundin fand ich nicht. Ich war ein ganz ansehnlicher Bursche geworden, und Geld verdiente ich damals genug. Tante Erna war großzügig mit meiner Bezahlung, sodass ich mich mit der Zeit eher als Teilhaber denn als Angestellter fühlte. Die Frauen waren alle vom gleichen Schlag, an Liebe glaubte keine von ihnen. Sie waren nur auf Beute aus. Ich hörte auf, nach ihren Gründen zu fragen. Das belastete nur den eigenen Kopf. Ich nahm die Dinge hin, wie sie waren.

Als ich dreiundzwanzig war, sollte sich mein Gefühlsleben ändern. An einem Nachmittag, die Bar war noch geschlossen, klopfte es unten an der Tür. Ich sprang in die Hose und warf schnell das Hemd über. Ich dachte, das wäre der Bierlieferant. Vielleicht hatte ich doch zu lange gedöst.

Es war aber gar nicht der alte Heiner mit seinem Getränkekarren. Vor der Tür stand eine junge Frau, und ihre blauen Augen erwischten direkt mein Herz. Ich hatte gar nicht gewusst, dass so etwas möglich war. Ich glaube, ich starrte sie recht verdattert an.

„Ich wollte fragen, ob ich hier unterkommen kann“, sagte sie mit lieblicher Stimme.

Der Pappkoffer in ihrer Hand war ziemlich schäbig.

„Das hier ist keine Pension“, sagte ich vorsichtig. „Ich weiß nicht, ob Sie hier richtig sind.“

„Ich weiß, was das hier ist“, antwortete sie mit feinem Spott in den Augen. „Und ich suche auch Arbeit, wenn Sie verstehen.“

Ich bat sie herein und ließ sie an einem der Tische Platz nehmen.

„Wir haben noch geschlossen. Aber wenn sie wollen, können Sie ein Glas zu trinken haben.“

Sie bedankte sich und nahm einen Sprudel. Jede, die in dem Gewerbe schon zu Hause war, hätte einen Schnaps bestellt.

„Sie müssen eine Weile warten. Meine Tante kommt erst gegen halb fünf. Sie ist die Chefin hier. Sie wird entscheiden, ob wir Sie brauchen.“

„Wenn Sie keine Bedienung suchen, dann komme ich abends als Gast. Dann setze ich mich einfach hier irgendwo hin, wenn es erlaubt ist.“

„Das wird schon erlaubt sein“, sagte ich vage.

Die wenigsten Damen machten sich die Mühe, vorher zu fragen, ob ihre Anwesenheit erwünscht war. Sie kamen einfach und gingen ihren Interessen nach. Und für das Lokal war das gut, denn wo Frauen waren, blieben die Seeleute nicht fern.

Sie wirkte nicht verträumt, aber ein bisschen so, als sei sie von einer schützenden Hülle umgeben. Als hätte sie sich mit dem hier bislang nur in der Theorie auseinandergesetzt.

„Darf ich nach Ihrem Namen fragen?“

Zu meinem Ärger war ich ein wenig verlegen, und das vertrauliche Du wollte mir nicht aus dem Mund, obwohl sich hier sonst keiner siezte.

„Elfriede Meyer.“ Sie stand auf und gab mir die Hand. „Aber Sie können Elfi zu mir sagen.“

Elfi, das klang bezaubernd, und wie eine Elfe sah sie auch aus.

Ich begann, hinter der Theke Ordnung zu schaffen, und wusch noch ein paar Gläser ab. In einer Stunde ging der Betrieb wieder los, und wenn dann nicht alles vorbereitet war, kam man hinterher nicht mehr nach.

Elfi nippte an ihrem Sprudel und schaute in die Lampe mit dem rötlichen Schirm, die über dem Eingang angebracht war. Wir hatten damals noch keine Musicbox, aber in einem Regal hinter der Theke stand ein Plattenspieler, und ich sorgte persönlich immer für Nachschub mit den neuesten Schlagern. Ich weiß gar nicht, warum ich ausgerechnet diese Platte auflegte. Die spielten wir sonst kaum, oder höchsten zu sehr später Stunde, weil sie viel zu rührselig war für den eher derben Betrieb. Es war *O mein Papa* von Lys Assia.

„Das bitte nicht“, sagte Elfi mit traurigen Augen. „Spielen Sie, was Sie wollen, aber nicht dieses Lied. Dann kann ich nicht bleiben.“

In ihren Augenwinkeln war nun ein Glitzern. Ich schaltete die Platte wieder ab.

„Vor zwei Monaten ist mein Vater gestorben. Sonst wäre ich auch gar nicht hier“, fügte sie erklärend hinzu.

„Dann haben Sie jetzt niemanden mehr?“, fragte ich fast unwillkürlich.

Sie schüttelte den Kopf. Ich sagte nichts mehr, denn es gab nichts, was dem angemessen gewesen wäre. Sie rührte mich mehr, als gut war, hatte ich doch gelernt, mich aus den privaten Dingen der Leute herauszuhalten.

Ich legte eine andere Platte auf, etwas Fröhlicheres, und dann kam auch schon Tante Erna durch die Tür. Sie war gerade beim Friseur gewesen und duftete nach Parfüm. Sie trug ein neues Kostüm und hochhackige Schuhe, und an jedem anderen Ort hätte man sie für eine Dame von Welt gehalten.

Sie ließ Elfi noch eine Weile warten. Das machte sie immer so, einerlei mit wem.

„Bedienungen haben wir im Moment genug", sagte sie, als sie sich schließlich zu ihr setzte. „Aber natürlich kannst du abends herkommen. Du bist ein hübsches Mädchen, das ist gut fürs Geschäft."

„Wüssten Sie denn auch eine Unterkunft für mich?", fragte Elfi höflich. „Ich habe noch nichts, wo ich bleiben kann."

Tante Erna drehte sich zu mir um: „Die Inge ist doch ausgezogen da drüben? Sie wollte zum Wochenende weg sein."

Ich nickte. „Ja, die ist weg. Gestern hat sie ihre Sachen geholt."

„Gut. Dann kannst du Elfi zeigen, wo das ist. Über die Miete werden wir uns schon einig."

Zusammen mit der Bar hatte Tante Erna zwei Notwohnungen erworben. Im Grunde waren es Baracken am Ende der Straße. Da wohnten ein paar von den Frauen, die jeden Abend bei uns saßen und die Gäste zum Trinken verführten.

„Es ist nicht sehr komfortabel", sagte ich auf dem kurzen Weg. „Ihr wohnt da zu dritt, aber meine Tante verlangt nicht viel Geld dafür."

„Ich bin nicht verwöhnt", sagte Elfi. „Das wird schon eine Weile gehen."

Von diesem Tag an kam Elfi zu uns. Zu Anfang merkte man ihr die Schüchternheit an, und dass sie nicht so recht wusste, was sie tun sollte. Sie war auch das Trinken nicht gewöhnt. Sie schluckte rasch zwei Schnäpse runter und verzog dabei das Gesicht. Dann schaute sie den anderen Frauen zu, wie sie mit den Männern anbandelten und sie dazu brachten, ihr ganzes Geld zu verpulvern. Sie lernte schnell. Ich hatte den Eindruck, dass sie das Geld wirklich nötig brauchte, und zwar nicht nur, um sich Schminke oder schöne Kleider zu kaufen. Am fünften Tag verschwand sie mit einem Seemann nach draußen, und ich wusste, dass sie zu ihrer Wohnung gingen. Als sie zurückkam, sah sie ziemlich elend aus. Sie ließ sich gleich einen Whiskey geben und schaute den Rest des Abends an mir vorbei, obwohl sie mir doch sonst hin und wieder ein Lächeln geschenkt hatte.

So war das eben. Ich versuchte, nichts dabei zu empfinden, aber es gelang mir nicht recht. Ich mochte sie deswegen nicht weniger leiden, wünschte aber, dass sie es nicht nötig hätte, das zu tun. Ihr Lächeln war so rein gewesen, und ich hatte Angst, dass es ihr unwiederbringlich aus dem Gesicht verschwinden könnte.

Ein paar Tage sprachen wir kaum miteinander. Aber dieses unsichtbare Band, das vom allerersten Moment an zwischen uns bestanden hatte, war immer noch da, und es würde auch nicht zerreißen. Wir waren füreinander bestimmt. Dieses völlig aufrichtige Gefühl der Zugehörigkeit hatte ich vorher noch nie gehabt. Wir blickten uns an, dann schauten wir weg und taten, als würden wir uns nichts bedeuten. Das mussten wir wohl tun, denn wie hätte ich sonst ertragen, sie mit den Männern gehen zu sehen und zu wissen, was sie tat? Und wie hätte sie ertragen, das zu tun, während sie mich doch heimlich liebte?

Natürlich ließ sich das nicht ewig so fortführen. Es war

nach etwa zwei Monaten, als Elfi früher kam als sonst. Als ich in der Tür zum Hinterraum erschien, errötete sie.

„Ich dachte, du wärst einkaufen gegangen."

„Du bist gekommen, weil du glaubtest, ich wäre nicht da?"

Sie schaute verlegen zu Boden. „Ich habe gestern einen Ohrring verloren. Ich hoffte, ihn vielleicht noch zu finden."

Ich trat einen Schritt an sie heran, und dann lagen wir uns endlich in den Armen und ließen uns nicht wieder los. Seitdem verbrachten wir jeden freien Moment zusammen, immer darauf bedacht, dass niemand es merkte. Es ging ja niemals gut, die Liebe zu einem dieser Mädchen, und Tante Erna hätte mir den Kopf gewaschen.

„Die ruiniert dir nur dein gutes Herz", hätte sie gesagt und Elfi womöglich weggeschickt.

An einem Sonntag lagen wir auf meinem Bett und schauten uns in die Augen. Durch das Fenster fiel ein Sonnenstrahl direkt auf ihr Gesicht. Sie war zwanzig und kam aus einem kleinen Dorf in der Nähe von Cloppenburg, wo die moralischen Uhren mehrere Jahrzehnte nachgingen. Die Mutter war vor ein paar Jahren gestorben, und seitdem hatte sie den kriegsversehrten Vater unterstützt.

„Wir waren so glücklich", sagte sie und bekam einen weichen Blick. „Viel Geld hatten wir natürlich nicht, aber es reichte zum Leben. Mein Vater war der liebevollste Mensch der Welt. Er hat mit dem Schicksal nicht gehadert, obwohl er ein Bein und eine Hand verloren hatte. Er versuchte, das Beste daraus zu machen. Ich habe auch zwei jüngere Schwestern, die sind erst vierzehn und zwölf. An sie denke ich vor allem. Was ich tue, brauchen sie nicht zu tun, sage ich mir immer, wenn ich mich mutlos fühle und glaube, es geht nicht mehr. Alle zwei Wochen fahre ich zu ihnen hin und bringe mit, was sie brauchen."

„Wissen sie, was du dafür tust?"

„Natürlich nicht!", sagte Elfi entrüstet. „Und wenn es ihnen jemand sagt, den bringe ich um!"

„Was denken sie denn, woher das Geld kommt?"

„Sie denken, ich bin Hilfskrankenschwester im St. Joseph-Stift. Das habe ich ihnen erzählt. Und so soll es für sie auch bleiben."

„Sie glauben, dass du als Hilfskrankenschwester so viel Geld verdienst?"

„Es sind doch noch Kinder", sagte Elfi und lachte. „Sie glauben alles, was ich ihnen sage. Sie denken, in der Stadt liegt das Geld auf der Straße."

Dann rauchten wir schweigend noch eine Zigarette. Mein Herz war für immer verloren, das wurde mir plötzlich klar.

Die eigentliche Geschichte, von der ich erzählen will, die mit dem Toten, den ich begrub, ereignete sich ein halbes Jahr später, an einem kalten Tag im März. Zu Weihnachten hatten Elfi und ich uns die Ehe versprochen, sobald es finanziell irgendwie ging. Wenn ich mein Taxi hätte und selbstständig war, wollten wir uns eine richtige Wohnung nehmen. Und dann wollten wir heiraten.

„In Weiß", sagte sie und strahlte. „In der Kirche bei mir im Dorf."

Ich hatte keine Einwände, denn wenn sie glücklich war, war ich es auch. Wir malten uns die Zukunft aus und träumten. Sie wollte auf jeden Fall Kinder haben, so viele wie eben kamen. Und auch dagegen hatte ich keinen Einwand. Das Leben war so schön wie ein Märchen. Aber Märchen werden leider nicht wahr.

An dem besagten Tag war eigentlich alles wie immer. Ich machte hinter der Theke sauber und bereitete den Abendbetrieb vor. Dann ging ich los, holte Brötchen, Hackepeter und

Eier, denn manchmal bekamen die Gäste zwischen Bier und Schnaps auch Appetit. Auf dem Rückweg schaute ich bei Elfi vorbei, die zurzeit das Häuschen alleine bewohnte, denn Carla und Ilse waren ein paar Tage weg. Meistens lag sie um diese Zeit noch in den Federn oder hatte sich gerade den ersten Kaffee gemacht.

Als ich vor der Tür stand, hörte ich allerdings ein Lärmen und Elfis Stimme, die ganz schwach um Hilfe rief. Ich ließ die Einkaufstasche fallen und trat mit dem Fuß die Tür auf. Elfi lag halbnackt auf dem Laken, und auf ihr war ein grober Kerl, der ihr gewaltsam die Hände festhielt. Ich sah, wie sein stoppeliges Kinn über ihren Hals glitt und wie sie sich verzweifelt wehrte. Ich war plötzlich blind vor Hass und Wut. Ehe ich mich versah, hatte ich das Eisenrohr in der Hand, das die Mädchen manchmal von innen gegen die Tür klemmten, und schlug es ihm mit aller Kraft auf den Kopf. Er rollte mit blutendem Schädel zu Boden.

„Wolfi, was hast du getan?", rief Elfi heiser, als sie sich nach einem Moment der Starre wieder regen konnte.

„Was hat er mit dir getan?" Ich sank vor dem Bett auf die Knie und umfasste ihre Hände.

„Oh mein Gott", stöhnte sie leise und barg ihr Gesicht an meiner Schulter. „Da hast du etwas missverstanden."

„Was sollte ich denn missverstanden haben?", fragte ich voller Abscheu. „Das war ja wohl deutlich, und der Mistkerl hat bekommen, was er verdient."

Am liebsten hätte ich auf den Toten noch gespuckt, der uns mit aufgerissenen Augen anstarrte.

„Oh Gott", stöhnte Elfi wieder. „Das war doch nicht so, wie du dachtest. Er wollte es auf diese Art, und dass ich mich dagegen wehrte. Er hat mich gut dafür bezahlt."

Unter dem zerknüllten Kopfkissen holte sie eine Handvoll Scheine hervor, die der Kerl ihr offenbar gegeben hatte.

„Und so etwas machst du? Und ohne, dass ich es weiß?“, rief ich empört.

„So etwas tue ich jeden Abend, auf die eine oder andere Art. Darum geht es doch in dem Geschäft. Tu doch nicht so, als ob du das nicht wüsstest! Der eine will es so, der andere will es anders. Für Geld kann man haben, was man will.“

Ich war so vor den Kopf geschlagen, dass mir keine Antwort mehr einfiel. Abwechselnd starrte ich Elfi ins Gesicht und in die Augen des Toten. Ich war so ernüchtert von der Realität des Lebens und von dem, was meine Geliebte tatsächlich tat, dass es mich schmerzte wie ein Schlag in den Magen. Mir wurde ganz übel davon. Ich hatte einen Menschen getötet. Ich war ein Mörder, auch wenn meine Absicht gut gewesen war.

„Er kann hier nicht so liegen bleiben“, sagte ich nach einer endlosen Zeit.

„Was sollen wir denn mit ihm machen?“, fragte Elfi voller Angst. „Und müssten wir jetzt nicht die Polizei rufen?“

„Die Polizei! Dann sitze ich lebenslang hinter Gittern! Das glaubt mir doch kein Mensch, dass ich das zu deiner Hilfe tat. Sie werden denken, ich wollte ihn berauben. Und in dir werden sie meine Komplizin sehen.“

„Meinst du, wir sollten ihn irgendwo begraben?“ fragte sie nach einer Weile.

„Ja, das ist wohl die beste Idee. Etwas anderes bleibt uns doch gar nicht übrig. Und für ihn ist es ohnehin egal.“

Ich bedeckte den Toten mit einem alten Vorhangstoff, um ihn nicht die ganze Zeit zu sehen. Elfi zog sich an und machte sich für den Abend zurecht.

„Wenn deine Tante nach dir fragt, was soll ich sagen?“, fragte sie mich, ehe sie ging.

„Gar nichts“, sagte ich düster. „Du hast mich nicht gesehen. Ich denke mir dann später etwas aus. Und lass dir nicht einfallen, vor morgen früh hier wieder aufzutauchen! Es wird eine Weile brauchen, bis alles erledigt ist."

Sie nickte und ging. Ich blieb allein mit dem Toten, der mehrmals ein leises Pfeifen von sich gab. Unter dem Tuch schien es sich zu bewegen. Das war die Luft, die aus der Leiche entwich. Das wusste ich noch aus der Kriegszeit, da hatte ich viele Tote gesehen.

Ich wartete bis Mitternacht in der Baracke. Draußen war es ungemütlich und kalt. Ein eisiger Regen ging nieder. Das war gut. Kein Hund ließ sich auf der Straße blicken. Ich zog mir die Mütze tief ins Gesicht und schulterte das eingeschnürte Bündel. Es war nur ein kurzes Stück, das ich ungesehen zurücklegen musste. Hinter dem alten Bunker war noch ein Ruinengelände, vor dem eine halbe Mauer stand. Da warf ich das Bündel hinüber. Dann lief ich zurück und holte einen Spaten. Es regnete stark und der Boden war weich. Ich grub so tief ich konnte, von der Mauer verdeckt. Wenn Schritte auf der Straße kamen, hielt ich inne und bewegte mich nicht. Irgendwann war das Loch tief genug, um den Toten hineinzulegen. Ich fasste durch das Tuch in seine Taschen, um das Portemonnaie herauszuziehen. Aber im letzten Moment ließ ich es bleiben. Ich wollte seine Papiere nicht sehen. Ich wollte doch gar nicht wissen, wie er hieß, schon aus Angst, dann jedes Mal zu zucken, wenn irgendjemand nach ihm fragte. Man würde ihn ja suchen, wenn er nicht wieder auftauchte. Nein, seinen Namen wollte ich nicht kennen, und wenn ich Glück hatte, erfuhr ich ihn auch nie.

Als die Grube wieder dicht geschaufelt war, stampfte ich mit den Füßen die Erde fest. Dann häufte ich Steine und Schutt darüber, auch das eine oder andere Stück Gestrüpp. Bei Tage würde es völlig unsichtbar sein. Außerdem hatte seit Jahren niemand dies Grundstück betreten.

Meine Knie zitterten, ich war durchnässt bis auf die Haut.

Ich brachte den Spaten zurück, dann schlich ich mich von hinten in die Alte Liebe und wechselte in meinem Zimmer die Kleider. Ich setzte mich an die Theke und trank die ganze Nacht. Tante Erna warf mir einen misstrauischen Blick zu, und zu Elfi sah ich nicht hin.

Danach konnten Elfi und ich nicht mehr miteinander reden. Wir redeten nur noch aneinander vorbei. Ich wurde das Bild in meinem Kopf nicht mehr los. Elfi halbnackt unter diesem Kerl, wie sie sich wehrte und wand. Und dann war es nur ein Spiel gewesen. Ein widerliches, abstoßendes Spiel. Solange ich nicht mit eigenen Augen gesehen hatte, was sie täglich tat, hatte ich es wegdrängen können, als wäre es nicht wirklich wahr. Ein Traum war zerstört, die Idee von etwas Gutem und Schönem, die ich in meinem Herzen immer bewahrt hatte. Das Vertrauen war verschwunden, und mir lag auch der Mann auf dem Gewissen. Elfi glaubte, an allem Schuld zu sein, und zog sich in sich selbst zurück.

Etwa zur gleichen Zeit erschien regelmäßig ein Amerikaner bei uns im Lokal, kein einfacher Matrose, sondern ein Schiffsingenieur. Er war von Anfang an in Elfi vernarrt und ich hörte, wie er ihr von Amerika erzählte, und dass er sie gerne dahin mitnehmen würde. Er war ein netter Mensch, das kann ich ehrlich sagen, und auf einmal wusste ich, was ich zu tun hatte. Man kann es Dummheit nennen oder einen Anflug von Anstand, mit dem ich sie zwang, ihr Glück zu ergreifen.

Ich schrieb ihr einen Brief, den ich unter ihrer Türe durchschob. Darin teilte ich ihr mit, dass ich sie nicht mehr liebte und unsere gemeinsamen Pläne auch nicht mehr weiterverfolgen wollte. Ich wäre jetzt außerdem mit Rita zusammen, einer dunkelhaarigen Schönheit aus der Bambus-Bar. Dann wünschte ich ihr knapp alles Gute, wir würden uns wohl nicht wiedersehen.

Das war natürlich alles gelogen. Ich liebte sie viel mehr als mich selbst. Aber indem ich ihr weh tat, gab ich ihr die Möglichkeit, zu gehen und all den Unrat hinter sich zu lassen. Ich ging ihr von nun an strikt aus dem Weg, blieb sogar einige Tage weg von der Arbeit, damit wir uns nicht mehr begegneten. Am Sonntag sah ich dann, wie der Amerikaner sie an ihrer Haustür abholte und ihr sogar den Koffer trug. Er bot ihr seinen Arm an, und gemeinsam gingen sie davon. Ich lief in meine Kammer und weinte wie ein Kind. Aber ich wusste, dass es das Richtige war.

Elfi hat mir nicht mehr geschrieben, ich habe nichts wieder von ihr gehört. Aber ich bin sicher, dass sie in Amerika ihr Glück gemacht hat, und dass dieser Mann wirklich gut zu ihr war. Es musste einfach so sein!

Tante Erna habe ich die ganze Geschichte erzählt, und sonst niemandem. Ich wusste, dass sie schweigen konnte. Sie hielt das irgendwie aus. Sie war auf ihre Art eine sehr kluge Frau. Sie betrieb die Alte Liebe noch viele Jahre, ohne jemals wieder ein Wort über die Angelegenheit zu verlieren.

Ich hingegen konnte in der Bar nicht mehr bleiben. Ich kaufte mir ein schönes Auto und dazu die Taxilizenz. Den Rest gab Tante Erna dazu. Nun war ich so frei, wie ich es mir immer gewünscht hatte. Ich verdiente weniger Geld als in den Lokalen, aber darauf kam es mir nicht an. Ich arbeitete viel, vor allem nachts, denn da zahlten die Gäste am besten. Nur wenn eine Fahrt in die Leutweinstraße ging, bot ich sie einem Kollegen an. Ich wollte mich an gewisse Dinge nicht mehr erinnern. Ich wollte das alles nicht wiedersehen. An der besagten Stelle wurde später ein Haus gebaut. Das beruhigte mich zumindest ein wenig.

Jahre später, als mein liebeskrankes Herz etwas geheilt war, fuhr ich an einem Sommertag mit dem Wagen in Elfis Dorf bei Cloppenburg und erkundigte mich nach der Familie Meyer. Die seien schon lange in Chicago, erzählte mir eine alte Nachbarin. Ja, die beiden Jüngeren auch. Ihre Schwester habe sie nachgeholt. Sie lebten da wohl in Saus und Braus.

Dieses eine Mal im Leben glaubte ich an so etwas wie eine höhere Macht im Himmel und fühlte inbrünstige Dankbarkeit in der Brust.

Die Leiche liegt da nun schon sehr lange, wahrscheinlich ist gar nichts mehr übrig davon. Um das zu überprüfen, müsste man ein ganzes Haus abreißen, und das wird wohl niemand mehr tun. Um welches Haus es sich handelt? Das werde ich sicher nicht verraten. Und warum ich das gerade jetzt erzähle? Keine Ahnung. Vielleicht, weil ich alt werde. Weil ich das nicht mehr auf dem Gewissen haben will. Wie dem auch sei. Nun ist es heraus.

Margarethe

Waller Feldmark, 1959/60

Ihr Gesicht war etwas zu mager, um schön zu sein. Ihr Haar hatte die Farbe von Asche, aber wenn die Sonne schien, war zwischen der Asche ein Schimmer, silbern und golden wie von Tau bedeckter Hafer. Das war Margarethe.

Ich war nicht verliebt in sie. Darum geht es nicht. Ich war ein Junge, dreizehn oder vierzehn Jahre alt, und Frauen interessierten mich noch nicht. Wir lebten damals alle am Waller Fleet. Als es nach Kriegsende an Wohnraum mangelte, hatte Bürgermeister Kaisen die Erlaubnis gegeben, in den Kleingartengebieten zu bauen. Ich war noch ganz klein, als meine Eltern rote Backsteine aus den Trümmern Walles und Gröpelingens zusammensuchten und mit einem Handkarren in die Waller Feldmark zogen. Man wohnte eng, aber meine Brüder und ich kannten es nicht anders. Und fünf Häuser weiter wohnte Margarethe.

Auf den ersten Blick übersah man sie leicht. Aber den zweiten konnte man dann nicht mehr von ihr lassen. Sie hatte diese Augen, so hell wie der Himmel im März. Diese Augen, die machten, dass man aufhörte zu frieren oder an alltägliche Dinge wie Hunger und Durst zu denken. Und sie hatte dieses stille Lächeln, das ihre Mundwinkel kaum verzog, an dem man aber mit erstaunlicher Wirksamkeit hängen blieb. Von der Mona Lisa hatte ich noch nichts gehört, und Bilder von der Muttergottes gab es bei uns zu Hause nicht.

Wir waren evangelisch, so wie fast alle Leute im Phloxweg

und umzu. Seit einem Jahr hatten wir unsere Kirche auf der anderen Seite des Fleets, nur ein paar Gehminuten entfernt, und mussten nicht mehr kilometerweit zum Gottesdienst laufen. Nur Margarethe lief weiterhin etliche Kilometer, denn sie war katholisch. Sie lief bis zur Marienkirche am Steffensweg, jeden Sonntag und bei jedem Wetter. Das war ein ordentliches Stück, und seitdem ihr jemand das Fahrrad gestohlen hatte, ging sie zu Fuß. Wenn sie von der Messe heimkam, hatte sie stets rosige Wangen. Sie sprach nicht viel, und sie lebte alleine. Ihr Häuschen war kleiner als unseres, aber für eine Person doch recht geräumig. Sie hatte es von dem alten Ehepaar geerbt, das vorher dort gelebt hatte. Herr und Frau Schmidt, weißhaarig und gebeugt, waren ebenfalls katholisch gewesen. Seitdem die beiden Söhne an der Ostfront gefallen waren, hatten sie niemanden mehr, und als sie gebrechlich wurden, hatten sie in der Marienkirche einen Zettel aufgehängt, auf dem sie eine alleinstehende Haushaltshilfe suchten. Margarethe, damals Anfang zwanzig, zog bei ihnen ein und kümmerte sich fortan um alles. Sie versorgte den kleinen Haushalt, das Gemüse im Garten und die fünf Hühner und schlief selbst auf einem schmalen Bett in der Dachkammer, die fast nur aus Schrägen bestand und so eng war, dass man sich kaum darin umdrehen konnte. Als Herr und Frau Schmidt im kalten Winter 1957 kurz nacheinander starben, bekam Margarethe das Haus. So hatten es die beiden in ihrem Testament verfügt.

„Guten Morgen", sagte ich, wenn ich Margarethe auf dem Weg zur Schule überholte.

Ich hatte ein Fahrrad, dessen Karosse mein Vater beim Alteisenhändler erstanden und wieder flott gemacht hatte. Sie trug ihr Kopftuch, unter dem die Haare hochgesteckt waren. Dieses Kopftuch war ihr schönstes Kleidungsstück, aus feinem

Chiffon – meine Mutter sagte, dass es Chiffon sei – hellblau mit kleinen Punkten. Es hatte genau die Farbe ihrer Augen, und wenn sie es trug, das aschene Haar aus der Stirn gestrichen, sah sie aus wie ein Gemälde, das ich einmal in einem Museum gesehen hatte. Wäre ich ein paar Jahre älter gewesen, hätte ich mich vielleicht in sie verliebt. Aber so beschränkte ich mich auf den Gruß, und sie ging mit raschen Schritten weiter zur Haltestelle, um wie jeden Morgen den Bus zu nehmen und in die Stadt zu fahren, wo sie als Verkäuferin in einem Handarbeitsgeschäft arbeitete.

Ob sie glücklich war? Das weiß ich nicht. Unglücklich schien sie jedenfalls nicht zu sein, nur etwas einsam vielleicht. Nie habe ich gesehen, dass jemand sie in ihrem Häuschen besuchte. Und sie machte sich auch nie so zurecht, als würde sie einen Verehrer treffen. Sie ging nicht aus, nicht ins Kino, nicht zum Tanzen. Wenn sie von der Arbeit kam, goss sie die Bohnen in ihrem Garten, zupfte Unkraut und fütterte die Hühner. Zwischen dem Gemüse wuchsen üppig bunte Blumen, Margeriten, Georginen, Rittersporn. An einem Spalier rankte eine rote Rose. Als eine kleine Katze um die Häuser schlich und sich vor Hunger jedem vor die Füße warf, nahm Margarethe sie bei sich auf. Ich glaube, sie tat es, um Gesellschaft zu haben. Manchmal saß sie auf der kleinen Holzbank vor ihrer Tür, die Katze neben sich, und las. Sie hat viel gelesen, weil sie ja niemanden zum Reden hatte. Dann trug sie dieses versonnene Lächeln, so als würde sie träumen.

Ich trat in die Pedale. „Guten Abend, Fräulein Margarethe“, rief ich ihr zu.

Sie lächelte und nickte. Dann stand sie auf, streichelte mit den Händen über die Rosenblüten und ging ins Haus.

„Die ist nicht leicht zu haben“, sagte mein Onkel Peter, der dreißig Jahre alt und Junggeselle war.

„Es gibt eben noch anständige Mädchen“, sagte meine

Mutter streng, während sie die Schüssel mit der heißen Erbsensuppe auf den Tisch stellte.

„Die hält sich für was Besseres, darum trägt sie die Nase so hoch“, sagte mein Onkel Herbert, der zwar verheiratet war, aber hübschen Frauen trotzdem gerne hinterher schaute.

„Wahrscheinlich, weil sie katholisch ist. Da nimmt sie nur einen Katholischen“, sagte mein Onkel Hans.

Mutter hatte drei Brüder, die alle Handwerker waren, und wenn sie in der Nähe arbeiteten, aßen sie bei uns in der Küche zu Mittag.

„Unsinn“, sagte sie. „Sie will von Männern eben nichts wissen. Damals im Osten hat sie Schlimmes erlebt.“

„Was denn?“, fragte Onkel Peter.

„Die Russen“, sagte Mutter leise. „Ihre Mutter wurde vor ihren Augen …“

Sie sprach nicht weiter, sondern warf einen bedeutsamen Seitenblick auf mich und meine Brüder.

„Und sie selbst?“

Mutter zuckte die Schultern. „Weiß ich nicht. Hat sie mir nicht erzählt. Sie muss damals elf oder zwölf gewesen sein, aber es gibt ja Männer, die darauf keine Rücksicht nehmen.“

Alle schwiegen betreten. Ich hatte eine Ahnung, worum es ging, während meine Brüder, die noch zu klein für solche Ahnungen waren, seelenruhig weiteraßen. Nachts dachte ich darüber nach, ob die Russen Margarethes Mutter getötet hatten, und wo ihr Vater geblieben war. Wahrscheinlich war er gefallen, denn sonst hätte er sie ja mal besucht. Dann dachte ich an andere Dinge und schlief ein.

Als es November wurde, ging meine Mutter für eine Woche ins Krankenhaus, und als sie wiederkam, hatte ich zwei kleine Schwestern. Meine Eltern freuten sich, obwohl niemand damit gerechnet hatte, dass es Zwillinge sein würden. Meine Begeisterung war mäßig, denn nun war die

Hoffnung, jemals ein Zimmer für mich alleine zu haben, gänzlich dahin. Mein Vater baute den spitzen Boden aus, und dort schlief ich fortan mit meinen Brüdern, während das winzige Gelass neben der Wohnstube, in dem wir bislang gehaust hatten, das Zimmer für die Kleinen wurde.

Mitte Dezember begann es zu schneien. Alles war so hell, dass man nachts auf den Wegen keine Taschenlampe brauchte, um sich zurechtzufinden. Während bei uns am Weihnachtsbaum auf dem Blumenhocker nagelneue elektrische Kerzen brannten und Vater versuchte, das kaputte Birnchen im Stern von Bethlehem über der Krippe auszuwechseln, sah ich draußen Margarethe vorbeigehen, allein in der Dunkelheit, in einen Wollmantel gehüllt und mit halbhohen Stiefeln, weil die Glocken von Sankt Marien sie zur Christmette riefen. Wenn der Wind richtig stand, konnte man sie manchmal tatsächlich hören. Margarethe winkte mir im Vorbeigehen zu, auf dem Kopf eine wollene Mütze anstelle des Kopftuchs, am Arm die alte Handtasche, in der sich neben dem schwarzen Gesangbuch ein glatt gebügeltes Taschentuch befand, mit weißer Spitze umsäumt und gestickten Initialen, das hatte ich einmal gesehen. WB. Ich dachte, dass ihre Mutter vielleicht Wilma geheißen hatte, denn das war der einzige weibliche Name mit einem W, der mir einfiel.

Als der Frühling kam, kaufte mein Vater von der kleinen Prämie, die er für fünfzehn Jahre Tätigkeit bei den Stadtwerken erhalten hatte, einen Doppelkinderwagen, und nun machten wir an den Sonntagnachmittagen lange Spaziergänge durch die Waller Feldmark. Sabine und Susanne schliefen artig. Wir Jungen streunten abseits der Wege, untersuchten Steinhaufen und spähten über Zäune, ob es irgendwo etwas Interessantes zu sehen gäbe. Manchmal gingen wir bis nach Gröpelingen, wo es in der Lindenhofstraße viele Geschäfte gab, und schauten die Schaufenster an. Im Juni, zu Mutters Geburtstag, gingen wir alle zusammen in ein italienisches Eiscafé. Das war damals etwas ganz Neues. Wir saßen auf der Terrasse auf bunten Gartenstühlen vor kleinen runden Tischen. Aus einem Lautsprecher klangen Lieder von Vico Torriani und Conny Froboess.

„Da ist Fräulein Brinkmeyer", sagte Mutter.

Ich hob den Kopf. Margarethe stand auf der anderen Straßenseite, ihr Haar ganz ungewohnt zu einem Pferdeschwanz gebunden. Das Kopftuch hatte sie sich wie ein Halstuch umgelegt. Sie beugte sich ein wenig hinunter zum offenen Fenster eines Wagens, der neben ihr hielt. Vielleicht hatte der Fahrer sie etwas gefragt. Der Wagen war groß und glänzend. So etwas sah man nicht oft in dieser Gegend.

„Was ist das für einer?", fragte ich meinen Vater, der alles andere als ein Autoprofi war.

„Schwer zu sagen. Könnte ein Amerikaner sein", antwortete er.

„Meinst du den Wagen oder den Mann?", fragte Mutter.

Vater lachte. „Beide, würde ich sagen. Der Wagen ist kein deutsches Fabrikat. Und guck dir an, was der Kerl für einen Hut trägt. Und diese Sonnenbrille. So läuft bei uns doch keiner rum!"

Mit einem tiefen Motorengeräusch fuhr der Wagen wieder an. Margarethe schaute ihm einen Moment hinterher, dann schlenderte sie langsam weiter, den Blick in eine unergründliche Ferne gerichtet.

„War das ihr Liebhaber?", fragte mein Bruder Klaus, der damals in die zweite Klasse ging.

Mutter lief rot an, weil sie nicht gewusst hatte, dass er solche Wörter kannte. Vater klopfte ihm auf die Schulter.

„Wenn das ihr Liebhaber war, hat sie aber großes Glück. Hast du den Wagen gesehen, mein Junge? Wenn er sie damit nach Hause bringt, würden allen Leuten im Phloxweg die Augen rausfallen!"

Im Laufe des Sommers passierten dann einige unangenehme Dinge. Es fing damit an, dass Pauline, die mit mir zur Schule ging und im Fliederweg wohnte, ihrer Mutter etwas anvertraute, woraufhin die Mutter schnurstracks zur Polizei ging, um Anzeige zu erstatten.

„So ein Schwein", hörte ich die Erwachsenen sagen. „Und das bei uns, hier in unserer Siedlung!"

Wenn ich die Ohren spitzte, schwiegen sie wie auf Kommando oder sprachen über das Wetter und die Kaffeepreise. Und Pauline wurde rot, als ich sie fragte. Sie sagte keinen Ton. Dann lief sie weg und ging mir tagelang aus dem Weg. Wahrscheinlich hatte ihre Mutter ihr verboten, über das Geschehene zu sprechen, und ich kam zu der Überzeugung, dass es in den Bereich dessen fiel, das man gemeinhin als unanständig bezeichnete.

Ein paar Wochen später hörte ich, dass die junge Frau Schröder aus dem Kampfhuhnweg auf der anderen Seite des Fleets in der Dämmerung von einem Schatten verfolgt worden war. Zuerst hatte sie noch gedacht, dass sie sich getäuscht hätte. Aber als der Schatten sie am nächsten und übernächsten Tag wieder verfolgte, erzählte sie es einer Freundin, und die hatte sie gedrängt, zur Polizei zu gehen.

Ich kannte Frau Schröder von der Kirche. Sie war verheiratet und hatte ein kleines Kind. Aber ihr Mann arbeitete auf Montage, und sie war die ganze Woche allein zu Hause.

„Schutzlos", sagte Mutter, als sie sich mit Frau Griese von nebenan unterhielt.

„Der überlegt sich ganz genau, an wem er sich gefahrlos vergreifen kann", sagte Frau Griese.

Ein paar Abende sah man einen grünweißen Polizeiwagen bei uns durch die Wege rumpeln, eine schöne Borgward Isabella, aber da man niemanden erwischte, hörte das bald wieder auf.

Dann gab es noch zwei oder drei Fälle dieser Art. Junge Frauen wurden in der Dämmerung verfolgt. Eine von ihnen wurde angeblich sogar am Arm gepackt und in ein Gebüsch gezerrt, ehe sie sich laut schreiend befreien konnte. Ich will nicht einmal ausschließen, dass es noch mehr Fälle waren, und dass die Frauen einfach schwiegen oder es zumindest nicht meldeten. Und von denen, die es meldeten, war keine in der Lage, eine vernünftige Beschreibung abzugeben. Der Mann war mittelgroß, von mittlerer Statur und unauffällig gekleidet. Meist schien er zu Fuß unterwegs zu sein, einmal aber auch mit dem Fahrrad, weswegen es gar nicht sicher schien, dass es sich jedes Mal um den Gleichen handelte. Die Polizei konnte nichts weiter tun, als zur Vorsicht zu mahnen.

An einem Abend, als meine Brüder und ich schon in den Betten lagen, hörte ich durch den Türspalt, wie Vater zu Mutter sagte: „Am besten geht ihr immer zu zweit, wenn es Abend wird. Frag Irmgard oder Frau Griese, dich zu begleiten. Wenn ihr zu zweit seid, wird der Kerl sich nicht heranwagen."

Was Mutter sagte, verstand ich nicht mehr, denn ihre Hand hatte leise die Tür geschlossen.

Es war ein schöner Herbsttag, das weiß ich noch genau. Späte Äpfel leuchteten zwischen dem Laub, das allmählich fahl zu werden begann. Spinnwebfäden wehten durch die Luft. Nachts wurde es schon empfindlich kühl. Ich saß am Fleet mit meiner Angelrute, die ich aus einem Weidenzweig gemacht hatte, so wie schon öfter in der letzten Zeit. Niemals fing ich etwas, doch ich hatte gelernt, geduldig zu sein. Neben mir im Gras lag eine Handvoll Aprikosen, die Frau Griese mir gegeben hatte, weil ich ihr das Brennholz so schön aufgestapelt hatte. Ich hätte sie wohl mit meinen Brüdern teilen sollen. Aber Aprikosen gab es damals nur selten, das waren für uns exotische Früchte, und ich wollte sie lieber alleine essen.

Über mir kreisten Stare. In der Ferne knatterte ein Moped. Dann war wieder alles still. Es hätte nicht friedlicher sein können. Ich spuckte einen Aprikosenkern ins Wasser und dachte darüber nach, was ich in zwei Jahren tun würde, wenn ich die Schule hinter mir hatte. Onkel Hans hatte angeboten, dass ich bei ihm in die Lehre gehen und Dachdecker werden könne. Der Gedanke gefiel mir nicht, denn mir zitterten schon die Knie, wenn ich eine Leiter hinaufsteigen musste. Ich wollte viel lieber Elektriker werden. Dann konnte man nach Feierabend bei den Leuten noch Leitungen legen, ohne dass es gleich die ganze Welt merkte, und man verdiente gutes Geld nebenbei.

Auf dem Weg hinter mir näherten sich Schritte. Ich wusste, dass es eine Frau war, noch ehe ich aufgeschaut hatte. Leichte, rasche Schritte. Es war Margarethe. Sie trug eine Strickjacke und das hellblaue Kopftuch, dessen Tupfen in der Sonne glitzerten. Sie war auf dem Weg zur Abendmesse und musste sich beeilen, wenn sie nicht zu spät kommen wollte.

„Guten Abend, Fräulein Margarethe", sagte ich höflich.

„Guten Abend."

Ich erhob mich und hielt ihr eine von den Aprikosen hin.

Sie nahm sie lächelnd und ließ sie in ihre Jackentasche gleiten. „Danke. Ich hebe sie mir für später auf."

Ich wusste, dass die Katholiken eine Stunde vor der Messe nichts mehr aßen, damit der Leib des Herrn sich nicht mit profaner Nahrung vermischte. Das erschien mir ernsthaft und schön. Es musste sehr tröstlich sein, so einen handfesten Glauben zu haben.

Margarethe lief rasch weiter. Meine Angelrute zuckte im Wasser, die schlanke Gerte bog sich unter dem Zug. Aus dem Augenwinkel sah ich noch, dass langsam ein Fahrrad hinter mir vorbeifuhr, in die gleiche Richtung, in die Margarethe ging. Ich aber war viel zu sehr in Anspruch genommen von meinem ersten Fang, um weiter darauf zu achten. Das Wasser spritzte und platschte. Am Haken hatte ich eine Ratte, die mir den Köder weggefressen hatte. Mit blutigem Maul fauchte sie mich an. Es war unmöglich, sie vom Haken zu lösen. Schließlich durchtrennte ich die Angelschnur mit dem Taschenmesser und packte meine Sachen zusammen. Die Lust aufs Angeln war mir vergangen.

„Fräulein Brinkmeyer wird vermisst", sagte meine Mutter zwei Tage später, als wir beim Abendessen um den Küchentisch saßen.

„Ist das sicher?", fragte Vater mit gerunzelter Stirn.

Mutter nickte besorgt. „Seit Sonntagabend hat niemand sie mehr gesehen. Herr Schneider aus dem Geschäft, wo sie arbeitet, hat heute früh bei ihrer Nachbarin angerufen, um zu fragen, ob sie krank sei. Die Nachbarin ist dann nachsehen gegangen. Es war niemand da, sagt sie. Die Hühner im Stall hatten nichts zu fressen und die Katze strich ihr um die Beine, als ob sie am Verhungern wäre. Sie hat es dann Frau Kuhlmann erzählt, und gemeinsam haben sie es bei der Polizei gemeldet."

„Vielleicht ist sie bei ihrem Freund, dem mit dem dicken Wagen", warf ich mit harmloser Betonung ein, damit die Bemerkung nicht vorwitzig klang.

„Doch nicht, ohne die Hühner zu füttern", sagte Mutter entschieden. „Und ohne bei der Arbeit Bescheid zu sagen. Sie ist doch sonst so zuverlässig."

„Können wir die Katze nehmen, wenn Fräulein Brinkmeyer nicht wiederkommt?", fragte Klaus, wofür er einen Blick erntete, der keiner weiteren Worte bedurfte.

„Vielleicht ist sie ja morgen wieder da", sagte Vater, der das Thema offenbar nicht weiter ausbreiten wollte, aber ich sah den Blick, den er mit Mutter tauschte, und wusste, dass die Sache ernst war.

Margarethe kam nicht zurück. Die Polizei fand keine Spur von ihr. Irgendjemand erzählte schließlich, dass Margarethe einen Verehrer gehabt habe, einen Kerl mit Sonnenbrille, der einen dicken Wagen fuhr. Offenbar hatte man sie öfter mit ihm gesehen.

„Ja, wenn das so ist“, sagte der Polizist, am Gartenzaun lehnend. „Dann ist es ja gar nicht so sicher, dass ihr wirklich etwas passiert ist. Dann ist sie vielleicht mit diesem Freund fortgegangen.“

„Vielleicht haben wir uns alle in ihr getäuscht“, sagte Frau Griese. „Vielleicht war sie gar nicht so ein Unschuldslamm, wie wir alle dachten.“

„Wer weiß, was sie wirklich getrieben hat, wenn wir dachten, sie ginge zur Kirche“, fügte Frau Kuhlmann hinzu.

Ich hätte ihr auf den Mund schlagen mögen! Ich wusste, dass Margarethe zur Kirche gegangen war. Das hatte ich in ihren Augen gesehen, an dem schlicht aus der Stirn gestrichenen Haar. Sie hatte sich nicht verstellt. Und dieser Mann mit dem dicken Wagen war auch gar nicht ihr Freund gewesen. Das war nur üble Nachrede. Ich wusste, dass sie alle logen, aus Angst zuzugeben, dass zwischen uns ein Mörder war. Dennoch sagte ich nichts. Ich war nur ein Junge, und was hätte ich sagen sollen? Dass Margarethes Augen rein gewesen waren? Dass sie völlig unfähig gewesen wäre, ein so verlogenes Doppelleben zu führen? Niemand hätte es hören wollen. Man hätte mir den Mund verboten. So fraß ich meine Überzeugung in mich hinein und wartete auf ein Zeichen, das mir beweisen würde, dass ich mich nicht täuschte.

Ich bekam das Zeichen im folgenden Frühjahr. Ein Stück hinter der Fleetkirche lag ein ungenutztes Gelände, wo nichts wuchs als wilde Brombeeren und dornige Sträucher mit roten Beeren, die man nicht essen durfte. Hier saß ich einmal mit ein paar Freunden. Wir hatten ein Päckchen Zigaretten aufgetrieben, die wir hier heimlich rauchten. Neben einem Brombeerdickicht war der Boden ganz weich, wie umgegraben. Hier wuchsen kein Gras und keine Dornen. Mitten aus der feuchten Erde reckte sich eine junge Pflanze, die wie ein winziger Obstbaum aussah. Das gab mir einen Stich ins Herz, obwohl ich nicht hätte erklären können, warum.

In den nächsten Wochen und Monaten ging ich mehrmals wieder her, um zu schauen, ob das Pflänzchen verschwunden war, ob es von Unkraut überwuchert wurde. Aber es gedieh. Ein Jahr später erkannte man bereits, dass es sich zu einem richtigen Baum auswachsen würde. Ich kannte mich ein wenig mit Obstbäumen aus, denn sie standen ja überall in den Gärten. Aber dieses Gewächs schien weder ein Apfel noch eine Kirsche zu sein. Ein weiteres Jahr später, als ich meine Lehre zum Elektriker begonnen hatte, trug es zwei oder drei weiße Blüten. Ich begutachtete sie misstrauisch und wartete gespannt. Aber es war ein kühler Sommer, und nichts entstand aus ihnen.

Es brauchte drei weitere Jahre. Ich hatte die Lehre abgeschlossen und verdiente schon richtiges Geld, Sabine und Susanne würden bald zur Schule kommen, als das Bäumchen, inzwischen ein gutes Stück größer als ich, an einem der Zweige eine Frucht zu entwickeln begann. Die Ahnung verursachte mir Bauchschmerzen. Aber irgendwann kam der Moment, dass es sich nicht mehr leugnen ließ: Es war eine Aprikose, hellgelb und zart und rosig. Hier wuchs sonst nichts außer dornigen Sträuchern, und wie hätte es ausgerechnet einen Aprikosenkern hierher verschlagen sollen?

Ich schloss die Augen und sah sie wieder vor mir, Margarethe, wie sie mit einem Lächeln meine Aprikose in die Jackentasche gleiten ließ. Ich hatte es gewusst. Doch ich schwieg weiter. Es würde nichts mehr ändern, daran zu rühren. Vielleicht wollte ich es auch gar nicht ganz genau wissen. Ich konnte immer nur denken, dass sie vielleicht hier unten lag, in der dunklen, kalten Erde, und dass Würmer durch ihr Gerippe krochen. Sie hatte doch diese Augen gehabt, diese Himmelsaugen, die immer zu träumen schienen, wenn sie ihre Rosenblüten liebkoste oder in ihren Büchern las. Ich fühlte ein Schluchzen in der Kehle, das mich fast erstickte, und beschloss, nie wieder herzukommen.

Viele Jahre später kehrte ich dann doch zurück. Der Baum war inzwischen richtig groß geworden und trug reichlich Früchte. Behutsam hängte ich einen Rosenkranz in einen der Äste, einen ganz schlichten Rosenkranz mit dunklen Holzperlen, damit er in der Sonne nicht glänzte und keine Elster versuchte, ihn zu stehlen.

Der Baum würde immer weiter wachsen und die Perlenschnur ganz hoch hinaus tragen, dem Himmel zu. Die Aprikosen lockten mit ihrem Duft, mit hellroten, flaumigen Wangen. In der Sommerhitze lief mir das Wasser im Munde zusammen. Doch niemals werde ich eine essen. Das bringe ich einfach nicht fertig.

Das Kind ohne Namen

Schlachthof Findorff, 1960er-Jahre

In den 1960er-Jahren sprach man über gewisse Dinge nicht viel. Das Leben fing doch gerade wieder an, schön zu werden. Der Krieg war seit zwanzig Jahren vorbei, die Trümmer fast beseitigt. Alle waren mit sich selbst beschäftigt, mit Geldverdienen und Zukunftsplänen, mit dem Kauf von Hausrat und Elektrogeräten. Und die Kinder, die nun heranwuchsen, sollten es einmal besser haben.

Als Hans Knoth geboren wurde, war der Krieg gerade vorbei. An die Not der ersten Jahre erinnerte er sich nur wie durch einen Nebel. Seine Mutter hatte viel gearbeitet. Aber meistens hatten sie es warm gehabt, und das Essen hatte irgendwie gereicht. Er erinnerte sich hauptsächlich an die schönen Dinge: An den Geschmack von Omas selbstgebackenen Keksen, an das erste Glas Coca-Cola, das er am Silvesterabend 1955 hatte trinken dürfen, an den Tag, an dem sie den ersten Fernseher bekamen und alle zusammen am Samstagnachmittag *Lassie* geguckt hatten. Das größte und wunderbarste Geschenk hatte ihm seine Schwester zum dreizehnten Geburtstag beschert. Das war am 1. Oktober 1958 gewesen.

Hilde war acht Jahre älter als er und schon volljährig. „Du brauchst heute nicht zur Schule“, hatte sie am Morgen gesagt und zwei Zugfahrkarten aus ihrer Jackentasche gezogen.

Es war ein gewöhnlicher Mittwoch, und seine Schultasche stand bereit.

„Ich finde es ja nicht richtig, dass er nicht zur Schule geht“, sagte seine Mutter mit ihrer weichen Stimme, die meistens nachgab. „Aber wenn du die Karten nun schon mal gekauft hast …"

„Wohin fahren wir denn?", fragte Hans.

Hilde hatte sich extra schick gemacht für den geheimnisvollen Ausflug. Sie lachte. „Das wirst du schon sehen!"

Dann mussten sie sich beeilen. Die Mutter schmierte ihnen noch ein paar Brötchen als Proviant. „Damit ihr nicht verhungert. Und seht zu, dass ihr heile zurückkommt!", rief sie ihnen hinterher.

Als sie am Bahnhof in den Zug nach Bremerhaven stiegen, begann es ihm allmählich zu dämmern. Alle wussten, dass an diesem Tag Elvis nach Bremerhaven kam. Elvis Presley, sein großes Idol. Elvis, den alle Mädchen einschließlich seiner Schwester am liebsten sofort geheiratet hätten. Er kam tatsächlich und leibhaftig nach Deutschland, um seinen Militärdienst abzuleisten, und sein Schiff legte in Bremerhaven an. Im Zug zog Hilde sich die Lippen nach und kämmte wohl zwanzigmal das Haar.

„Meinst du, wir kommen so nah an ihn heran?", fragte Hans.

„Wir boxen uns einfach durch", sagte Hilde mit einem Zwinkern.

Es wurde ein wunderbarer Tag. Es herrschte ein großes Gedränge, aber Hilde gelang es wirklich, Elvis die Hand zu schütteln, und Hans bekam von ihm ein Autogramm, das noch immer in einem kleinen Rahmen über seinem Bett hing.

Jetzt war Hans zweiundzwanzig und frisierte sich die Haare mit Creme, sodass ihm eine schöne Locke in die Stirn fiel. Auch wenn die meisten seiner Freunde sich inzwischen den Beatles zugewandt hatten, er blieb Elvis treu. Das Leben war gut. Er arbeitete bei einem Klempner und meistens machte die Arbeit sogar Spaß.

„Bist du eingepennt?“, fragte sein Kollege Karl in diesem Moment.

Hans, der gerade nachgerechnet hatte, ob er sich Ende des Monats endlich den ersehnten Plattenspieler kaufen konnte, hob den Kopf. „Bin sofort fertig“, sagte er. „Eine Minute noch.“

Er kniete in der Ecke eines langen Viehstalls, in der Hand Hammer und Meißel. Aus der rötlichen Backsteinwand rann ein steter Wasserfaden.

„Es ist direkt in der Wand“, rief er seinem Kollegen zu. „Das Rohr ist ganz zerfressen.“

„Kein Wunder“, sagte Karl. „Das alte Zeug. Da werden wir die Wand aufstemmen und das ganze Ding auswechseln müssen. Da haben wir ein paar Tage mit zu tun.“

Hans nickte. Ihm sollte es recht sein. Die Steine des Bodens waren mit Dreck wie imprägniert, und in den Ecken und Ritzen haftete ein unangenehmer Geruch. Aber manchmal war die Arbeit eben schmutzig, daran war er gewöhnt. Und von hier aus hatte er keinen weiten Weg nach Hause.

„Dann gehe ich mal und sage denen Bescheid“, sagte Karl. „Dann fangen wir heute noch richtig an.“

Der Schlachthof in Findorff umfasste in den 1960er-Jahren ein beachtliches Stück der Bürgerweide und war ganz von einer Mauer umgeben. Es gab mehrere Schlachthallen, eine Markthalle für den Verkauf, Stallungen für die Tiere, ein Kühlhaus und etliche Schuppen. Dann gab es noch das Verwaltungsgebäude und natürlich den großen Wasserturm. Darin befand sich auch eine Eisfabrik, denn man benötigte eine Menge Eis zur Kühlung, besonders in den warmen Monaten. Der ganze Komplex war gegen Ende des letzten Jahrhunderts gebaut worden, und nun wurden immer mehr Dinge marode. Die elektrischen Leitungen stammten zum Teil noch aus der Zeit vor dem Krieg. Die Kurzschlüsse häuften sich. Die alten Wasserleitungen aus Blei bekamen Risse und wurden brüchig.

„Hier wird es noch viel Arbeit geben“, sagte Karl in der Frühstückspause. „Wenn die schlau wären, würden die den ganzen Laden dichtmachen und woanders einen neuen Schlachthof bauen. Weiter außerhalb. Sanieren lohnt sich hier doch gar nicht mehr, und den Gestank mitten im Wohngebiet will heutzutage auch keiner mehr haben.“

Hans nickte und biss in sein Wurstbrot. Der Kaffee aus der Thermoskanne schmeckte gut und stark, so wie nur seine Mutter ihn machen konnte. Das tat sie jeden Morgen für ihn. Er wohnte noch zu Hause, denn eine eigene Wohnung suchte man sich damals nur, wenn man heiraten wollte.

Nach dem Frühstück machte Hans sich an die Arbeit. Karl fuhr mit dem Wagen weg. Material holen, sagte er. Das machte er öfter so und kam dann erst kurz vor Feierabend zurück. Aber Hans war es recht. Er arbeitete ganz gern alleine. Dann hatte er seine Ruhe, brauchte sich keine zweideutigen Witze über Frauen und keine dummen Bemerkungen über seine Elvis-Locke anhören, die ihm in die Augen fiel. Er summte leise vor sich hin, während er mit Hammer und Meißel rötliche Steinbrocken aus der Wand klopfte und nach und nach das defekte Rohr freilegte. Manchmal drang ein sanftes Muhen zu ihm herüber. Das waren die Kälber dort hinten, die warteten, dass man sie abholte. Er versuchte, nicht zu oft zu ihnen hinzusehen, um kein Mitleid zu bekommen. Schließlich aß er selber auch gerne Fleisch, da waren Sentimentalitäten fehl am Platze.

Wie er so summte und meißelte, sprang plötzlich ein größeres Stück Putz von der Wand, etwa zwei Handbreit über dem Boden. Es sah aus, als habe man dort vor langer Zeit einmal ein Loch geflickt. Vielleicht war es ein Rattenloch gewesen. Überall in den Ställen und Schuppen gab es solche geflickten Stellen. Hans schaltete die flache Taschenlampe an, die er immer in der Tasche trug, und leuchtete in das Loch hinein. Es war ziemlich tief und geräumig. Wahrscheinlich hatte eine ganze Rattensippe darin gehaust.

Ohne groß zu überlegen, streifte Hans sich einen der Arbeitshandschuhe über, auf die er sonst meist verzichtete, und streckte die Hand in das Loch hinein. Er hoffte, nichts Bestimmtes zu finden, aber irgendwo war er noch ein Junge geblieben, der gerne auf Schatzsuche ging und insgeheim glaubte, hinter alten Steinen Geheimnisse oder gar einen Schatz zu entdecken.

Seine Hand schloss sich um ein Häufchen losen Dreck.

„Trocken", sagte er zu sich selbst, als er den Dreck betrachtete. „Das ist gut. Dann muss hier die Leitung noch in Ordnung sein. Dann brauchen wir nicht die ganze Mauer aufzustemmen."

Ein Kälbchen muhte. Durch eines der dreckigen Fenster fiel ein Lichtstahl, und in dem Häufchen Dreck in seiner Hand blinkte es auf. Hans kniff die Augen zusammen. Da war ein winzig kleines Objekt, das kein Steinchen und kein Stück Mörtel war. Er rieb es vorsichtig zwischen zwei Fingern. Ein Bröckchen Dreck platzte ab, und auf einmal hielt er eine Perle in den Händen. Keine echte Perle natürlich, sondern ein blankes Ding, auch kein Gold oder Silber, sondern etwas Billigeres mit Resten einer Vergoldung und mit einem feinen Löchlein in der Mitte.

Seltsam, dachte Hans. Er langte noch einmal in das Loch und kratzte eine weitere Handvoll Dreck zusammen. Dann strich er mit dem Zeigefinger in dem Häufchen herum, das aus Spinnweben, Kalk und Staub bestand. Und tatsächlich, da waren zwei weitere Perlen aus dem gleichen Material. Sie mochten vor langer Zeit zu einer Kette gehört haben, vielleicht auch zu einem Armband. Blieb die Frage, wie sie in ein Mauerloch in den Stallungen des Schlachthofs geraten waren.

Hans ließ sich auf die Knie nieder und leuchtete wieder in das Loch. Es ging nicht nur in die Tiefe, sondern setzte sich zur linken Seite weiter fort, sodass er das Ende nicht sehen konnte. Kurz entschlossen nahm er Hammer und Meißel und entfernte ein paar Steine aus dem Mauerwerk. Das ging nicht schwer, das Zeug war brüchig und weich von Feuchtigkeit und Schimmel, vom Urin der Tiere und den Ausscheidungen der Asseln und Mikroben, die hier ihr Dasein fristeten.

Es war ein warmer Tag, und dicke Fliegen summten durch den Stall. Der Mist der Kälber duftete durchdringend. Wieder leuchtete Hans in das Loch, und ganz am Ende entdeckte er etwas, das zwar nicht gerade wie ein Schatz aussah, aber doch interessant genug, um es aus der Nähe zu betrachten. Er zog sich den Arbeitshandschuh von der Hand und machte den Arm so lang er konnte. Mit den Fingerspitzen ertastete er etwas Weiches, das ein Stückchen staubiger Stoff sein mochte. Er streckte den Arm, bis es in seiner Schulter knirschte, dann hatte er das Ding in der Hand und schloss vorsichtig die Finger herum.

Es war ein schmutziger, alter Lappen, den er zutage förderte. Er mochte einmal rot gewesen sein, nun war er schmuddelig braun. Ankrustungen von Mörtel hatten den Stoff morsch gemacht.

Da ist doch etwas eingewickelt, dachte Hans. An einer Stelle, die halbwegs sauber war, legte er das Stoffstück auf den Boden. Dann faltete er es mit den Fingerspitzen auseinander. Zwei Papierlappen kamen zum Vorschein, ein kleines Püppchen, das mit einem bläulichen Stofffetzen bekleidet war, und schließlich der Rest eines dünnen Fadens, auf den goldfarbene Perlen gezogen waren. Die Papierlappen waren erstaunlicherweise kaum feucht. Sie sahen fast wie Ausweise aus. Auf den Vorderseiten waren Passbilder angebracht. Ein Mann und eine Frau, und wie es schien, beide noch jung.

Seltsam, dachte Hans. Wer steckte denn seine Ausweise in ein Mauerloch? Ohne Ausweis war man doch aufgeschmissen.

Sorgfältig faltete er den ersten Ausweis auf. „Bescheinigung“, las er auf der Innenseite. „Der Anton Weißdorn, geb. am 5.4.1919 in Bremen, gilt als *Zigeuner*. Diese Bescheinigung hat der Inhaber stets bei sich zu führen.“

Zigeuner, dachte Hans. Zigeuner hatte es früher gegeben, eine ganze Menge sogar. Seine Großmutter hatte manchmal von ihnen erzählt, von den Pferdewagen, mit denen sie durch die Lande zogen, und den vielen Kindern und Hunden, die sie ihr Eigen nannten. Das hatte alles ganz romantisch geklungen, fast wie ein Märchen.

Er faltete den zweiten Ausweis auf. „Die Selma Weißdorn geb. Adler, geb. am 12.10.1921 in Zeven, gilt als *Zigeunerin*...“

Er hielt seinen Fund immer noch auf den Knien, als plötzlich Kollege Karl wieder da war.

„Bist du eingeschlafen?“, fragte er. „Ich dachte, du hättest in der Zwischenzeit die Mauer aufgestemmt!“

„Mache ich gleich“, sagte Hans. „Aber guck mal, was ich hier gefunden habe.“

„Was soll das sein?“, fragte Karl und schaute ohne besonderes Interesse auf das unansehnliche Sammelsurium in Hans’ Händen.

„Ausweise“, sagte Hans. „Die steckten hier in einem Mauerloch.“

Karl nahm ihm die Papiere aus der Hand und drehte sich zum Fenster.

„Alter Kram“, sagte er dann und zuckte die Achseln. „Schmeiß das weg.“

„Aber was ist das denn?“, fragte Hans, der sich noch immer

keinen Reim auf die Sache machen konnte.

„Zigeunerausweise sind das, was denn sonst“, sagte Karl mit einer Spur von Unwillen in der Stimme. „Von damals, aus dem Krieg.“

„Ich wusste gar nicht, dass es besondere Ausweise für Zigeuner gab“, sagte Hans und nahm die Papiere wieder an sich.

„Du weißt vieles nicht“, sagte Karl. „Und dafür solltest du dankbar sein. Schmeiß das Zeug weg und komm, es gibt eine Menge zu tun.“

„Aber vielleicht interessiert sich jemand dafür. Vielleicht wollen die Leute ihre Ausweise wiederhaben.“

„Dafür interessiert sich niemand mehr“, sagte Karl unwirsch. „Und die Leute wollen die Ausweise nicht wiederhaben, da gebe ich dir mein Wort. Die brauchen sie nicht mehr.“

„Warum ...“, begann Hans noch einmal.

„Weil sie tot sind!“ Karls Stimme war jetzt schneidend. „Es gibt keine Zigeuner mehr. Davon wirst du doch wohl gehört haben. Und nun schmeiß das Zeug weg!“

Er wischte sich die Hände an seiner Hose ab, als würde es ihm nachträglich gruseln, den Fund darin gehalten zu haben.

„Schon gut“, murmelte Hans. Er schlug die Sachen wieder in das alte Tuch ein und steckte es in seine Arbeitstasche auf dem Fenstersims.

Dann arbeiteten sie. Karl erzählte mit lauter Stimme eine ganze Reihe derber Witze über Frauen, wobei er an diesem Tag besonders ordinäre Ausdrücke benutzte. Er lachte auch lauter als sonst, während Hans noch immer über seinen Fund grübelte.

Vielleicht haben die Leute hier im Schlachthof gearbeitet, dachte er bei sich. Und tagsüber haben sie ihre Ausweise in dem Mauerloch versteckt, damit niemand sie ihnen stahl. Die

Spinde waren wahrscheinlich nicht sehr sicher damals. Aber was war mit dem Püppchen? Sie würden ja kein Kind mit zur Arbeit gebracht haben. Und wenn doch, würden sie dem Kind doch nicht das Püppchen weggenommen haben, mit dem es sich beschäftigen konnte, während sie arbeiteten.

„Da passt etwas nicht", sagte er leise zu sich selbst.

Nach der Arbeit setzte er sich auf sein Rad. Aber er fuhr nicht nach Hause. Seine Mutter reagierte allergisch auf alle Fragen, die mit dem Krieg zu tun hatten. Mit Hilde aber konnte er über alles reden. Sie hatte sich vor zwei Jahren in der Nähe des Städtischen Krankenhauses ein möbliertes Zimmer genommen, damit sie es nicht so weit zur Arbeit hatte. Sie war Krankenschwester und arbeitete auf der Wöchnerinnenstation. Ihr Zimmer war etwas beengt, aber gemütlich. Hans legte sein Päckchen auf den Tisch und breitete die Sachen aus.

„Guck mal, was ich gefunden habe", sagte er. „Das steckte im Schlachthof in einem Mauerloch."

Hilde strich sich über die Arme. „Da bekomme ich ja Gänsehaut", sagte sie. „Ich glaube nicht, dass diese Leute noch leben."

„Und das Kind? Denn ein Kind scheint es gegeben zu haben."

„Das Kind lebt ganz bestimmt nicht mehr", sagte Hilde.

Sie betrachtete die kleine Puppe und strich ihr mit zwei Fingern das Kleidchen glatt.

„Vor ein paar Wochen habe ich etwas Furchtbares gesehen", sagte sie leise. „Eine der Frauen bei uns auf der Station. Sie hat Zwillinge bekommen. Auf dem Arm hatte sie eine tätowierte Nummer. Ich wollte ja gar nicht dahin starren. Ich wollte ja gar nicht fragen. Aber sie merkte wohl, wohin ich schaute. Da sagte sie, dass sie als junges Mädchen in einem Lager gewesen sei … du weißt schon, ein Konzentrationslager … Danach konnte ich ihr gar nicht mehr in die Augen sehen. Und auch später musste ich immer wieder daran denken. Ich habe den ganzen Abend geweint."

„Aber das Kind, dieses kleine Mädchen", hakte Hans noch einmal nach. „Vielleicht hat sie überlebt. Vielleicht könnte man sie finden."

Hilde schüttelte den Kopf. „Sie muss noch ziemlich klein gewesen sein. Sonst wäre ihr Ausweis wohl bei dem der Eltern gewesen. Ich glaube, die Kinder bekamen solche Ausweise erst, wenn sie fünf oder sechs waren."

„Dann ist von ihr nicht mal ein Name geblieben", sagte Hans. „Nur diese Puppe und die Perlenschnur. Das ist … das ist ja wirklich …"

Ihm fiel kein passendes Wort ein, um zu sagen, was er hätte sagen wollen.

In den nächsten Tagen war Karl sehr schweigsam bei der Arbeit. Er verdrückte sich, wann immer er konnte.

„Dieser Schlachthof macht mich krank", sagte er wohl zwanzigmal. „Dieser Gestank nach Blut und Mist. Und das Geschrei der Tiere, wenn es zum Schlachter geht. Als ob sie es wüssten, die armen Biester …"

Er rauchte auch mehr als sonst. Am Freitagnachmittag, als die Rohre in dem Stall erneuert und die Wand wieder zugeschmiert war, atmete er förmlich auf.

„Halleluja! Heute Abend gibt es ein großes Bier", rief er aus und warf seine Arbeitstasche in den Wagen. „Ach, was sage ich, drei müssen es mindestens sein!"

Er schlug die Richtung zum Utbremer Ring ein, wo Hans wohnte.

„Dann brauchst du nicht laufen", sagte er knapp.

Hans war etwas erstaunt, denn soviel Mühe machte sein Kollege sich selten. Als er sich bedankte, hielt Karl ihn zurück.

„Sag mal, diese Sachen hast du doch weggeschmissen?" Er

sah irgendwie beunruhigt aus, was gar nicht zu ihm passte.

„Nein", sagte Hans.

„Solltest du aber", sagte Karl. „Das macht dir nur das Leben schwer, und ändern lässt es sich nicht mehr. Sei froh, dass du das damals nicht erlebt hast. Da hast du dir heute auch nichts vorzuwerfen."

„Hast du dir denn etwas vorzuwerfen?", fragte Hans mit leisem Argwohn.

„Nein, ganz sicher nicht!"

Karl zündete sich eine Zigarette an.

„Ja, dann bis Montag", sagte Hans und öffnete die Wagentür.

„Halt, warte mal eben …" Karl legte ihm die Hand auf den Arm. „Ich habe noch mal nachgedacht."

Er sog an seiner Zigarette. Hans machte die Türe wieder zu.

„Ich kann dir erzählen, wie das Zeug hinter die Steine gekommen ist. Zumindest glaube ich, dass es so gewesen sein kann, auch wenn ich selber nicht dabei war."

Er drückte die Zigarette aus und zündete sich gleich die nächste an. Hans schwieg. Karl kurbelte sein Fenster runter. Der blaue Rauch zog in einem dünnen Faden davon.

„Das war 1943, ich glaube im März", begann Karl. „Da wurden sie alle hierher gebracht. Zum Schlachthof, meine ich. Die Zigeuner. Nicht nur aus Bremen. Man hatte sie aus dem ganzen Norden zusammengeholt. Ich habe das selbst gesehen. Ich wohnte doch da gleich um die Ecke. Ich hatte ein paar Tage Heimaturlaub, weil mein Fuß kaputt war und weil meine Frau doch unseren Sohn gekriegt hatte. Den hatte ich ja noch gar nicht gesehen. Und da machte ich am Abend so einen kleinen Rundgang, und da habe ich sie gesehen. Die Männer und die Weiber und die ganzen Kinder. So viele Kinder. Man hat sie alle zum Schlachthof gebracht. Die Weiber heulten und lamentierten."

„Warum nennst du die Frauen immer Weiber?", fragte Hans verärgert.

„Das sagte man eben so", sagte Karl. „Die Zigeunerinnen, das waren Weiber. Und die Männer waren alles Halunken. Das hatte man uns so beigebracht. Das sagten alle, da dachte man gar nicht drüber nach. Es haben ja auch viele Leute mitgekriegt, wie die zum Schlachthof gebracht wurden. Im Grunde dachten die meisten wohl, das wäre am besten so."

„Hast du die Leute von den Ausweisbildern gesehen?"

„Nicht dass ich wüsste", sagte Karl nun mürrisch. „Es waren ja so viele. Das ist jetzt auch über zwanzig Jahre her. Da ist mir doch kein Gesicht im Gedächtnis geblieben."

„Und die Sachen hinter der Mauer?"

„Das kann ich mir nur zusammenreimen." Karl schaute aus dem Fenster, während er sprach. „Die mussten doch damals immer diese Ausweise dabei haben. Genauso wie die Juden. Die normalen Ausweise hatte man denen ja längst abgenommen. Die hatten alle diese Sonderausweise. Wahrscheinlich hat man die hier im Schlachthof eingesammelt. Um sie auf einer Liste abzuhaken, und damit man wusste, wo noch jemand fehlte. Vielleicht dachte dieses junge Paar, dass man sie wieder wegschicken würde, wenn sie sich nicht ausweisen könnten. Dass man sie vielleicht sogar zurück nach Hause gehen ließe, um die Ausweise zu holen. Sie haben sie einfach irgendwo in ein Loch gesteckt. Aber Erfolg werden sie damit nicht gehabt haben. Da kam keiner wieder raus. Und als man sie alle im Schlachthof versammelt hatte, wurden sie zum Bahnhof gebracht. Das war ja praktisch, das war ja quasi um die Ecke."

„Und dann?", fragte Hans.

Karl zuckte die Schultern und zog an seiner Zigarette. „Und dann wurden sie in die Züge gepfercht. In die Viehwagen nach

Auschwitz. Als ob es wirklich Tiere wären."

„Und das hast du wirklich gesehen?"

„Ja, das habe ich wirklich gesehen."

„Und was hast du getan?"

„Gar nichts!", begann Karl zu schreien. „Gar nichts habe ich getan! Zugeguckt habe ich, so wie alle anderen auch. Was hätte ich denn tun sollen?"

Dann lastete Stille zwischen ihnen.

„Jetzt weißt du es", sagte Karl nach einer Weile. Seine Stimme klang lahm. „Es gibt so viele Dinge, die ich damals gesehen habe. Und niemand will es hören, wenn ich davon rede. Du hast doch bloß Glück, dass du so jung bist. Du wirst immer ein reines Gewissen haben."

„Ich steige jetzt aus", sagte Hans, dessen Kopf so leer war, als habe er in ein schwarzes Loch gesehen. „Aber danke, dass du es mir gesagt hast."

Hans brachte es nicht fertig, die Sachen in den Mülleimer zu werfen. Er legte sie in einen Schuhkarton, den er in die unterste Schublade seiner Kommode schob. Vielleicht würde sich irgendwann mal jemand dafür interessieren. Vielleicht in zwanzig Jahren. Oder in fünfzig. Dann würden Anton und Selma nicht ganz vergessen sein. Und auch das kleine Kind nicht, auch wenn niemand mehr seinen Namen kannte.

Liebesäpfel

Freimarkt, 1969

Zweimal im Jahr lebte sie auf. Dann lächelte sie den ganzen Tag und es interessierte sie nicht mehr, was die anderen von ihr dachten.

„Die ist doch dumm", sagte ihr älterer Bruder. „Die hat doch kein Gramm Verstand im Kopf."

So etwas sollten Brüder nicht sagen. So etwas sollte überhaupt niemand zu einem jungen Mädchen sagen. Aber sie erwiderte nichts. Das tat sie nie. Es hätte ohnehin zu nichts geführt. Und vielleicht hatte ihr Bruder sogar Recht. Er hatte das früher schon immer gesagt, und sie hatte längst begonnen, es selbst zu glauben. Im Grunde wusste sie, dass es stimmte. Sie war nicht besonders klug und auch nicht besonders hübsch. Und darauf kam es schließlich an im Leben.

„Die ist doch blöd", sagten auch die Mädchen in der Schule.

Und auch sie hatten Recht. Natürlich war sie blöd. Sonst hätte sie ja manchmal den Mund aufgemacht, statt sich alles gefallen zu lassen. Hätte sich manchmal gewehrt oder eine Sache richtiggestellt. Aber irgendwie kam da nichts, als hätte sie ein ganz dickes Fell. Auf dem Schulhof stand sie meist alleine da. Sie schaute in die Gegend und zupfte an ihren Haaren, als sei die Welt um sie herum nicht vorhanden.

„Brillenschlange, Brillenschlange!", riefen die Kleineren ihr nach. Dann tat sie so, als ob sie es nicht hörte und bummelte langsam davon.

Sie besuchte die Realschule und schwamm irgendwo im Mittelfeld der Klasse. Lieblingsfächer hatte sie nicht, ebenso wie sie keine großen Talente besaß. Beim Sport wählte niemand sie in die Mannschaft, weil sie sich aus Angst, dass ihre Brille kaputt ging, immer die Hände vors Gesicht hielt, statt den Ball zu spielen. In den anderen Fächern gab sie sich überall ein bisschen Mühe, nicht zu viel, aber auch nicht so wenig, dass es aufgefallen wäre. Und eine Idee, was sie nach der Schule machen wollte, hatte sie auch nicht. Bei der Berufsberatung saß sie stumm da und wartete, dass man ihr Vorschläge machte, zu denen sie ergeben nickte, als sei ihr eigener Kopf vollkommen leer.

Sonntags saß sie mit ihrer Mutter in der Kirche und hoffte, keine Sünderin zu werden, weil sie sich einen Freund und schönere Kleider wünschte. Dann bat sie Gott schnell um Vergebung, weil sie sich von solchen Gedanken von der Messe ablenken ließ. Mit gesenktem Kopf ging sie nach Hause. Sie war fast unsichtbar, ein ganz unauffälliges Mädchen, das überzeugt war, nichts Besonderes zu sein.

„Ich gehe meine Freundinnen besuchen", sagte sie manchmal nachmittags zu ihrer Mutter.

Das war gelogen, denn sie hatte gar keine Freundinnen. Aber es war keine boshafte Lüge. Sie tat ja nichts Schlimmes. Sie ging zum Spielplatz in der Herbststraße, wo sie stundenlang auf einer Schaukel saß und Löcher in die Luft träumte.

„Ich gehe Antje besuchen", sagte sie auch an einem Nachmittag im Oktober 1969, als die Luft nach gebrannten Mandeln roch und von der Bürgerweide her Musik und das Hupen der Karussells ertönte.

An der Straßenecke nahm sie ihre Brille ab und steckte sie in die Tasche des Kapuzenmantels. Obwohl es ziemlich kalt war, setzte sie die Kapuze nicht auf, sondern bürstete sich schnell ein paar Mal über die Haare, damit sie glatt und glänzend wurden. Sie trug eine Hose mit weitem Schlag und Schuhe mit silbernen Schnallen, wie sie gerade in Mode waren. Die hatte sie sich mit dem Austragen des Kirchenboten zusammengespart. Sie bummelte eine ganze Weile zwischen den Buden und Karussells umher, kaufte sich eine kleine Tüte Schmalzkuchen. Zwischen den Ponysträhnen schaute sie, ob jemand sie anschaute. Aber natürlich schaute niemand, obwohl sie die Brille nicht trug.

Sie ging am Riesenrad vorbei, an der Krake und am Kettenkarussell. Im Grunde kreiste sie die ganze Zeit um den Autoscooter. Da spielten sie immer die besten Stücke von Barry Ryan, Donovan und den Stones. Zu Hause konnte sie nur leise Musik hören. Endlich fasste sie sich ein Herz, stieg die Metallstufe hoch und suchte sich einen Platz in der Nähe der Kasse, wo sie unbeobachtet ein wenig schauen wollte. Natürlich hatte sie nicht lange Ruhe. Ein paar Mitschüler, die sich jeden Tag hier herumtrieben, kamen näher, Bierflaschen in der Hand, Zigaretten im Mund und zwei oder drei Mädchen im Schlepptau.

„Hallo Sigrid“, flötete einer, der sie sonst nie beachtete. „Wie wär's mit uns beiden?“

Dazu zog er eine Grimasse und machte anzügliche Geräusche.

„Pass auf, dass du dich ohne Brille nicht verläufst“, sagte ein anderer. „Sonst schnappt dich noch jemand und besorgt es dir mal richtig.“

„Darauf wartet die doch nur, die kriegt doch sonst keinen ab“, kicherte eins der Mädchen, das trotz der Kälte Nylonstrumpfhosen und einen karierten Minirock trug, der kaum ihre Schenkel bedeckte.

Sie sagte nichts. Sie schaute einfach an ihnen vorbei. Nach zwei Minuten verzogen sie sich, blieben aber ein Stück weiter stehen, alberten herum und warfen Blicke in ihre Richtung, wobei sie immer wieder lachten. Als das Grüppchen gerade einmal nicht herschaute, ging sie unauffällig davon. Die Freude war ihr ohnehin verdorben.

Ziellos lief sie noch eine Weile zwischen den Karussells hin und her und zog drei Lose an einer Bude. Ihre Uhr zeigte halb acht. Bald musste sie nach Hause, wenn ihre Mutter keine Fragen stellen sollte.

„Hey“, sagte in diesem Moment eine Stimme dicht an ihrem Ohr.

Rasch drehte sie sich um. Ein Mann mit schwarzer Hose und Lederblouson stand vor ihr. Sein Haar war fast schulterlang, so wie es jetzt viele trugen. Er war älter als sie, dreiundzwanzig, vierundzwanzig vielleicht. Und er lächelte sie an. Ja, wirklich. Er lächelte.

„Hallo“, sagte sie und wusste nicht, wohin sie schauen sollte.

„Kein Glück mit den Losen gehabt?“

Sie schüttelte den Kopf. „Alles Nieten. So wie immer.“

„Mach dir nichts draus. Pech im Spiel, Glück in der Liebe, heißt es doch.“

Ihr fiel nichts ein. Noch nie hatte jemand sie angesprochen, und all die witzigen Bemerkungen, die sie sich für diesen Fall zurechtgelegt hatte, waren wie weggeblasen.

„Kommst du mit zum Autoscooter?“, fragte der junge Mann. „Wir könnten noch etwas Musik hören.“

„Nein, nicht zum Autoscooter“, sagte sie schnell. „Außerdem muss ich jetzt nach Hause.“

Er zog die Brauen hoch, mit einer Spur von Spott, wie es schien. „Es ist doch noch ziemlich früh.“

„Trotzdem. Ich kann nicht so lange wegbleiben.“

Er betrachtete sie abwägend. „In welche Richtung musst du denn?“

Sie zeigte zum Riesenrad. „Da vorbei und dann noch ein Stück weiter.“

„Dann bringe ich dich wenigstens bis dahin“, sagte er.

„Bis nach Hause?“, fragte sie entsetzt.

„Nur bis zur letzten Bude. Ich muss gleich sowieso wieder arbeiten“, sagte er lässig.

„Was arbeitest du denn?“

„Ich arbeite in der Geisterbahn.“ Er grinste und beugte sich an ihr Ohr. „Ich erschrecke die Leute!“

„Das ist ja toll!“, sagte sie und meinte es auch so.

„Ja, ziemlich toll.“ Er grinste wieder und zog sie mit sich durchs Gedränge. An der letzten Bude blieben sie stehen. Hoffentlich erwartete er jetzt nicht, dass sie ihn küsste. Am liebsten wäre sie davongelaufen.

„Warte einen Moment“, sagte er.

Dann ging er zu der Zuckerbude und zog sein Portemonnaie aus der Tasche. Wenn er ihr jetzt ein Lebkuchenherz kaufte, würde sie ihn küssen müssen. Dann blieb ihr gar nichts anderes übrig. Sie war drauf und dran, die Fahrbahn zu überqueren und in einer der Seitenstraßen zu verschwinden. Aber er kaufte kein Herz. Als er zurückkam, hielt er einen kandierten Apfel in der Hand, glänzend rot und süß.

Ein Liebesapfel, dachte sie, und hoffte, dass er das Wort nicht aussprechen würde.

„Für dich“, sagte er nur und drückte ihr den dünnen Holzstiel in die Hand.

„Danke“, stammelte sie. „Jetzt muss ich aber wirklich gehen.“

„Kommst du morgen wieder?“

Sie nickte. „Soll ich zur Geisterbahn kommen?“

„Nein, lieber nicht.“ Er überlegte. „Am besten treffen wir uns gleich hier am Eingang. Dann sehen wir ja, was wir machen.“

„Gut“, sagte sie aufgeregt. „Um sechs Uhr?“

„Sechs Uhr ist doch Kinderzeit“, meinte er knapp. „Um

acht ist früh genug. Dann habe ich eine Stunde Pause."

Er drehte sich um, winkte ihr noch einmal zu und war im Gedränge verschwunden.

Sie überquerte die Findorffstraße, ohne nach links oder rechts zu sehen. Ein Auto hupte. Wie einen Kelch hielt sie den Liebesapfel vor sich, in ihrem Kopf war nichts als das glänzende Rot. Es war wie in einem Traum.

„Er war wirklich nett", flüsterte sie leise. „Und er sah gut aus."

Als sie die Straßenecke erreichte, setzte sie sich die Brille wieder auf und biss das erste Stückchen aus dem köstlichen Apfel.

„Am Autoscooter stehen nur Nutten", zischte ihr Bruder ihr ins Ohr, als sie am nächsten Morgen mit nassen Haaren aus dem Badezimmer kam. „Wenn ich dich da noch einmal sehe, gibt es Ärger!"

Sie schaute erschrocken und nickte. Ob er sich selbst am Autoscooter herumtrieb, um da Nutten zu treffen, fragte sie nicht. Dann würde er ihr eine scheuern, das war so sicher wie das Amen in der Kirche.

In der Schule war sie nicht bei der Sache. Aber das kam öfter vor, darum fiel es gar nicht auf. Sie schaute aus dem Fenster in den Himmel und lächelte versonnen.

„Und, welche Farbe haben die Wolken, Fräulein Sigrid?", fragte der Lehrer ironisch.

Die Klasse feixte, weil sie so begriffsstutzig aus der Wäsche schaute, und weil der Lehrer sie mit Fräulein angeredet hatte.

„Braun", sagte sie schließlich, denn etwas anderes kam ihr nicht in den Sinn.

„Wie kann man so blöd sein?", tuschelte es hinter ihrem Rücken.

Braun war die Farbe seiner Augen. Und er war wirklich

nett zu ihr gewesen, netter als alle anderen. Vielleicht war er derjenige, auf den sie ihr Leben lang gewartet hatte.

Der Lehrer machte eine Notiz im Klassenbuch. Doch statt wie sonst ein schlechtes Gewissen zu haben, lächelte sie einfach weiter.

„Deine Wolken haben die Farbe von Kacke", rief ihr in der Pause jemand nach. „Vielleicht solltest du weniger rauchen!"

Dabei hatte sie noch nie geraucht. Aus der Jackentasche zog sie den dünnen Holzspieß des Liebesapfels, den sie ganz sauber geleckt und in ein Taschentuch gewickelt hatte. Langsam streichelte sie mit dem Finger darüber. Sollten die anderen doch lachen. Niemand, auch ihr Bruder nicht, würden sie abhalten, ihren neuen Freund wiederzusehen.

„Ich gehe zu Antje", sagte sie, als sie gegen Abend ihren Mantel anzog.

„Wer ist diese Antje eigentlich?", fragte ihre Mutter.

„Kennst du nicht", sagte sie, und ihre Mutter fragte nicht weiter.

An der Straßenecke nahm sie die Brille ab und strich die Haare hinter die Ohren zurück. Es war viel zu früh. Sie wartete über eine Stunde in der Kälte, und je länger sie wartete, umso aufgeregter wurde sie. Fast wünschte sie, dass er nicht käme. Aber um fünf nach acht war er da. Wie am Vortag trat er von hinten an sie heran, und sie argwöhnte, dass er sie erst eine Weile beobachtet hatte, um abzuwägen, ob es sich lohne, Zeit mit ihr zu verbringen.

„Hallo, Schönheit", sagte er mit sanfter Stimme nahe an ihrem Ohr.

Er trug wieder die Lederjacke, seine Haare waren zurückgekämmt.

Sie lächelte. „Zeigst du mir heute die Geisterbahn?"

„Bestimmt nicht", sagte er. „Wenn ich den ganzen Tag da arbeite, bin ich froh, meine Pause woanders zu verbringen."

„Was machen wir dann?"

„Du erwartest hoffentlich nicht, dass ich mit dir Karussell fahren gehe", sagte er mit einem Unterton, der nicht ganz so freundlich klang.

„Natürlich nicht", sagte sie schnell. „Das ist doch wirklich Kinderkram."

Er nickte. „Gut, dass du das so siehst. Mit kleinen Mädchen kann ich nämlich gar nichts anfangen."

Sie überlegte rasch, an welchen Kriterien er das wohl messen würde. Sie wollte sich doch nicht lächerlich machen.

„Lass uns etwas trinken gehen", sagte er und deutete in Richtung eines kleinen Zeltes, wo man am Tresen Bier und Schnaps bekam.

„Ja, natürlich", sagte sie.

Er bestellte ein Bier. Sie hätte am liebsten Fanta genommen, aber dann hätte er sie für ein kleines Mädchen gehalten. Also bestellte sie auch ein Bier. Sie standen an einem Tisch in der hintersten Ecke.

„Mir ist es lieber, wenn wir nicht gesehen werden", sagte er. „Hier kennen mich alle Leute, und die meisten quatschen zuviel. Geht schließlich niemanden was an, mit wem ich meine Pause verbringe. Wenn sie dich sehen, werden sie nur neidisch, dass ich so eine hübsche Freundin habe."

Er ließ eine ihrer Strähnen durch seine Finger gleiten. Sie überlegte krampfhaft, worüber sie sich unterhalten konnten, aber ihr Verstand war wie ausgepustet.

„Wie heißt du eigentlich?", fragte er, während er sein Glas mit einem großen Zug leerte und ein neues bestellte.

„Liane", sagte sie ohne Nachzudenken. Das war der schönste Name, den sie kannte.

Sein linker Mundwinkel hob sich. Sie kam sich albern vor, weil er sicher ganz genau wusste, dass ein so durchschnittliches Mädchen unmöglich einen so exotischen Namen tragen konnte.

„Und wie alt bist du?", fragte er weiter.

„Achtzehn", sagte sie rasch. „Fast achtzehn."

Noch eine Lüge. Im Februar wurde sie siebzehn. Aber er sollte sie nicht für ein kleines Mädchen halten.

„Achtzehn", sagte er und nickte, als habe er das „fast" überhört. „Da bin ich aber froh. Sonst hätte ich dich wohl nach Hause schicken müssen."

Sie konnte seinen Gedankensprüngen nicht folgen. „Wieso?", fragte sie.

„Na, weil ich mit Kindern doch kein Bier trinken gehe. Ich bin doch nicht blöd." Er strich nun über ihre Hand und beugte sich vor. „Sonst fängst du gleich wieder an, mir zu erzählen, dass zu Hause Mutti auf dich wartet."

Sie versuchte zu lächeln. „Nein, ich muss noch nicht nach Hause. Ist ja noch früh."

Das Bier zeigte Wirkung, denn sie hatte noch nie ein Bier getrunken. Sie hatte auch noch nie ein Rendezvous gehabt oder einen Jungen geküsst.

„Ich heiße Rolf", sagte er, und erneut kam sie sich dumm vor, weil sie nicht von selbst daran gedacht hatte, ihn zu fragen.

Dann war seine Pause fast um. Er bezahlte das Bier, dann musste er zurück zur Geisterbahn.

„Bis morgen", sagte er.

„Ja", nickte sie und war nun sicher, dass er sie mochte.

So ging es noch zwei oder drei Tage. Sie tranken ein Bier in dem kleinen Zelt, er bezahlte, dann ging er zurück zu seiner Arbeit. Sie redeten nicht viel, und Sigrid hatte das Gefühl, dass etwas fehlte, dass etwas nicht so war, wie es hätte sein sollen. Aber da sie noch keinen Freund gehabt hatte, wusste sie nicht, was es war.

„Heute habe ich keine Lust auf den Rummel", sagte er, als sie sich am Samstag wieder trafen.

„Gut“, sagte sie und wartete, dass er etwas anderes vorschlug.

„Lass uns ein Stück spazieren gehen.“

Er legte ihr den Arm um die Taille – auch das hatte noch niemand getan – und ging mit ihr in Richtung Bürgerpark. Als sie den dunklen Weg betraten, wurde es ihr unheimlich.

„Willst du wirklich in den Bürgerpark?“, fragte sie zweifelnd. „Das ist doch so ungemütlich und überall sind Pfützen.“

„Also doch ein kleines Mädchen“, sagte er, und in seiner Stimme war ein unangenehmes Grollen. „Ich habe dich die ganze Woche eingeladen. Meinst du nicht, dass du mir nun auch mal einen Gefallen tun könntest?“

„Doch, natürlich“, sagte sie schnell, um ihn nicht weiter zu verstimmen.

Sie gingen ein Stück in den Park hinein. Es war so dunkel, dass man die Hand kaum vor Augen sah. Und während sie noch überlegte, an welchen Gefallen er wohl dachte, und ob sie ihn nun würde küssen müssen, schob er sie hinter ein Gebüsch und drückte sie gegen einen Baumstamm. Sie hielt einfach still, denn das war wohl, was er erwartete, und gab keinen Laut von sich, damit er hinterher nicht sagen konnte, sie hätte sich wie ein kleines Mädchen angestellt.

„Sehen wir uns morgen wieder?“, fragte sie, als er zurück zur Geisterbahn musste.

„Nee“, sagte er. „Morgen ist der letzte Tag. Abends bauen wir ab und fahren los.“

„Wohin denn?“ Es schien, als wäre ihr nie der Gedanke gekommen, dass der Freimarkt einmal zu Ende ginge.

„Nach Hamburg zum Dom.“ Er zuckte die Schultern. „Da ist wenigstens was los. Nicht so langweilig wie hier.“

Sie schluckte. „Ich dachte, du liebst mich.“

Er warf den Kopf in den Nacken und lachte. „Wovon

träumst du eigentlich nachts? Muss dir doch klar gewesen sein, dass das hier kein Gastspiel auf Dauer war.“

„Aber ...“, begann sie. Dann senkte sie den Kopf.

„Nun heul nicht herum“, sagte er genervt. „Das kann ich nicht leiden. Ich dachte, du bist erwachsen.“

Er hatte es plötzlich sehr eilig, zu verschwinden.

„Kommst du zur Osterwiese wieder?“, rief sie ihm noch hinterher.

„Ja, klar komme ich wieder!“, rief er. Dann war er verschwunden.

Es hätte sie umgebracht, die Lüge als solche zu erkennen. Darum glaubte sie ganz fest daran, dass er zur Osterwiese wiederkäme, und dass sie sich wieder treffen würden und er ihr einen neuen Liebesapfel schenken würde. Der Liebesapfel war das Wichtigste gewesen. Das Bier am hintersten Tisch, sein Unwille, mit ihr am Arm gesehen zu werden, die Heimlichkeiten im Bürgerpark, das waren alles nur Nebenschauplätze. Das hatte sich einfach so ergeben. Auf den Liebesapfel kam es an, da hatte sich sein ganzes Wesen gezeigt.

Er kommt wieder, dachte sie jeden Abend, ehe sie einschlief. Dass er ihr nicht schrieb, war ihr eigenes Versäumnis. Sie hatte ihm ja ihre Adresse nicht geben wollen. Und wenn er sich in Hamburg mit einer anderen vergnügte, war auch das ihre eigene Schuld. Sie hätte nicht jammern sollen, als er ging. Mit so etwas verscheuchte man die Männer.

Weihnachten, Silvester, ihr Geburtstag im Februar, das alles rauschte an ihr vorbei. Sie wartete auf den März. Sobald die ersten Schaustellerwagen eintrafen, setzte sie ihre Brille ab, lief zur Bürgerweide und wartete auf die Lastwagen mit der Geisterbahn. Es gab zwei Geisterbahnen in diesem Jahr, und bei beiden fragte sie nach ihm. Aber niemand schien ihn zu kennen. Auf ihre Beschreibung schüttelten alle die Köpfe.

„Da hat dich wohl einer verarscht, Mädchen. Aber wenn du Bedarf hast, stehe ich auch zur Verfügung“, rief einer, der sich für witzig hielt.

Alle lachten, und sie lief davon.

Ein paar Abende später sagte sie ihrer Mutter, dass sie Kirsten besuchen würde.

„Welche Kirsten?“, fragte ihre Mutter.

„Kennst du nicht“, sagte sie und ging.

Kirsten existierte nicht, ebenso wenig wie Antje und die anderen Freundinnen existiert hatten. Sie ging zur Osterwiese, kämmte sich unterwegs die Haare glatt und bummelte ziellos hin und her. Unter dem langen Mantel trug sie einen Minirock, den sie sich selbst gekauft hatte. Sie knöpfte den Mantel auf, damit man ihre Beine sah, die in Nylonstrumpfhosen steckten. Sie stand beim Riesenrad herum und schaute in die bunten Lichter. Sie kaufte sich eine kleine Tüte Schmalzkuchen und dachte, dass das Leben doch eigentlich ganz schön sei. Zum Autoscooter traute sie sich nicht. Da war sicher ihr Bruder mit seinen Kumpeln und mit Mädchen, die er dann später als Nutten bezeichnen würde.

Sie versuchte, nicht zu zittern, was bei der Frühjahrskälte nicht so einfach war, und lächelte ins Leere. Was sollte man sonst auch tun, wenn man nur mittelhübsch und mittelklug war und keine hohe Meinung von sich selber hatte?

Als es dunkel wurde, sprach jemand sie an. Er war eigentlich gar nicht ihr Typ. Er hatte dünnes Haar und war mindestens dreißig. Er war auch schon etwas betrunken. Aber das machte nichts. Es konnte ja trotzdem ein schöner Abend werden.

„Ich heiße Liane“, sagte sie. „Wollen wir ein Bier trinken gehen?“

Sie gingen in das kleine Zelt, das wieder an der gleichen

Stelle stand. Diesmal ließ sie sich zwei Bier ausgeben. Der Mann lachte viel und streichelte ihr über den Arm. Er zeigte ihr ein Foto von seiner Frau und seinen beiden Kindern, und sie begann, ihn wirklich nett zu finden. Es war doch sehr anständig von ihm, seine Frau nicht zu verleugnen, während er mit einer Fremden im Bierzelt stand.

„Das ist schon in Ordnung", sagte sie. „Ich bin doch erwachsen und erwarte nicht, dass du mich gleich heiratest."

Danach wurde er zutraulicher. Nach dem Bier fuhren sie zusammen in der Geisterbahn. Sie hatten Spaß und lachten viel. Eigentlich war es sogar unterhaltsamer als damals mit Rolf. Dann fuhren sie im Musikexpress, wonach ihr neuer Freund sich in einer dunklen Ecke übergab und sie ihm ein Papiertaschentuch reichte.

„Ich muss nach Hause", sagte er mit einem Blick zur Uhr. „Meine Frau wartet sicher schon."

„Bitte kauf mir einen Liebesapfel", sagte sie und hängte sich bei ihm ein.

Er wurde wieder munter, und während sie an dem roten Apfel leckte, fasste er ihr unter den Mantel. Im Bürgerpark führte sie ihn zu dem gleichen Baum.

„Hast du mich denn ein bisschen lieb?", fragte sie, als sie fertig waren.

„Natürlich habe ich dich lieb", sagte er, denn er war ein freundlicherer Mensch als Rolf. „Aber trotzdem muss ich mich jetzt beeilen, sonst verpasse ich den letzten Bus."

Sie wollte ihm ihre Adresse aufschreiben. Er sagte, dass er sie sich im Kopf merken würde, damit seine Frau den Zettel nicht fände. Und während sie ihm dreimal langsam die Adresse vorsprach, wusste sie schon, dass er sich nicht wieder melden würde. Aber das machte nichts. Es war doch ein schöner Abend gewesen, und sie war schließlich erwachsen.

Im Sommer verpatzte sie ihren Abschluss, und weil sie keine Lust hatte, das Jahr zu wiederholen, begann sie eine Ausbildung zur Schneiderin. Es hätte auch jede andere Lehre sein können. Es interessierte sie im Grunde kaum. Ihr Leben war wie ein leerer Film. Wenn ihre Mutter es nicht hörte, nannte ihr Bruder sie immer öfter eine Schlampe. Aber auch das verlor an Wichtigkeit. Sie wartete auf den Freimarkt oder auf die Osterwiese. Sie wartete das ganze Jahr, dass jemand ihr einen süßen Apfel schenkte. Manchmal mussten ihre neuen Freunde ihr nun drei oder vier Bier spendieren und einen Likör dazu, ehe sie wieder an die Liebe glauben konnte, denn sie gewöhnte sich daran. Wenn sie genug getrunken hatten, machten sie einen Spaziergang.

„Lass uns in den Bürgerpark gehen, da ist es so schön ruhig", sagte sie, denn sie hatte gelernt, was die Männer wollten.

Irgendjemand fand sich immer. Und vielleicht liebte er sie ja wirklich, wenigstens für einen Abend, für einen kurzen Moment. Vielleicht gab es gar keine andere Liebe als diese, mit schwindelndem Kopf an einen feuchten Baumstamm gelehnt, auf der Zunge den Geschmack von Zuckerglasur.

Als sie neunzehn war, lernte sie einen Typen kennen, der sich Peter nannte. Ihm genügte der Spaziergang nicht. Er hatte andere Vorlieben und legte ihr die Hände um den Hals. Als man sie am nächsten Morgen fand, kalt und starr in einer Pfütze liegend und mit Würgemalen am Hals, wunderte sich außer ihrer Mutter eigentlich niemand.

„Die war schon immer etwas blöd", sagten ihre ehemaligen Mitschülerinnen.

Schließlich war sie nicht besonders klug und nicht besonders hübsch gewesen, und ihr eigener Bruder hatte sie Schlampe und Nutte genannt. Dann musste es ja stimmen.

Solche Mädchen taten doch alles aus Angst, sonst keinen abzubekommen. Und dabei war sie wohl an den Falschen geraten.

In Wirklichkeit war sie immer an die Falschen geraten.

Reise nach Capri

Gröpelingen, 1970er-Jahre

Salvatore Müller war die Frucht einer kurzen Liaison zwischen Salvatore Firelli, einem der ersten italienischen Gastarbeiter in Bremen, und Gabi Müller, die damals als Bedienung in einer Speisegaststätte an der Waller Heerstraße tätig war. Er zeigte ihr Postkarten von Capri, auf denen eine rote Sonne im Meer versank, und sprach von amore. Fräulein Müller dachte ans Heiraten und träumte von einem sonnigen Leben an der Amalfiküste. Als sie ihrem Liebhaber nach drei Monaten mitteilte, dass ein kleiner Salvatore unterwegs sei, erstarrte sein Lächeln ein wenig. Er steckte die Bilder von Capri zurück in seine Jackentasche und war am nächsten Tag spurlos verschwunden.

Gabi Müllers Sohn kam an einem kühlen Herbsttag des Jahres 1956 zur Welt. Drei Tage später lief sie mit dem Bündel im Arm zu Fuß den Weg vom Krankenhaus zu ihrer kleinen Mansardenwohnung in einer Gröpelinger Seitenstraße. Ein Taxi konnte sie sich nicht leisten. Der Mutterurlaub betrug damals wenige Wochen, und da niemand sie unterstützte, musste sie danach wieder arbeiten gehen. Von den Nachbarinnen wollte keine den unehelichen Schreihals tagsüber zu sich nehmen. So kam der kleine Salvatore in ein Kinderheim, wo er die ersten sechs Lebensjahre verblieb. Seine Mutter besuchte ihn regelmäßig an den Sonntagen. Erst zur Einschulung holte sie ihn wieder nach Hause. Sie war keine schlechte Person. Sie bemühte sich redlich, ihm nicht das Gefühl zu geben, dass er ihr ein Klotz am Bein wäre oder die Schuld an ihrem vergeudeten Leben trüge, auch wenn sie es ohne ihn sicher leichter gehabt hätte.

„Mein Papa ist tot", erzählte er den anderen Kindern in der Schule, wenn die Sprache darauf kam. Und das war nicht mal gelogen, jedenfalls nicht aus seiner Sicht, denn es war die Version, die seine Mutter ihm erzählte.

„Wir wollten heiraten, aber das Schicksal hatte es anders bestimmt", sagte sie sehr überzeugend. „Zwei Tage vor der Hochzeit ist er verunglückt."

„Mit dem Auto?", fragte er.

„Ja", sagte sie. „Ein silberner Ford Taunus. Den hatte er gerade neu gekauft. Damit wollten wir im Sommer nach Italien fahren, um seine Eltern zu besuchen. Die besaßen ein schönes Haus auf Capri, das war so groß wie ein Schloss. Da hätten wir wie die Könige gelebt und du wärst ein kleiner Prinz gewesen. Capri ist eine wunderbare Insel. In der blauen Grotte wohnt eine echte Meerjungfrau. Wir wären jeden Tag mit ihr im Meer geschwommen."

„Ist das auch wirklich wahr?"

„Natürlich ist das wahr!"

Sie zeigte ihm den Ring, den sie jetzt immer trug. Es war ein goldfarbener Ring mit einem funkelnden Stein, der aussah wie rotes Glas.

„Das ist unser Verlobungsring. Den hat er mir geschenkt, als ich ihm sagte, dass du unterwegs bist. Er hat sich sehr gefreut. Der Stein ist ein echter Rubin."

Er staunte mit offenem Mund und wollte die Geschichte immer wieder hören.

„Warum haben wir Oma und Opa auf Capri nie besucht?", fragte er, als er acht oder neun war.

Seine Mutter schüttelte traurig den Kopf. „Das ging nicht mehr. Als du ein Jahr alt warst, gab es in der Gegend ein großes Erdbeben. Ihr Haus wurde zerstört und dabei sind sie beide ums Leben gekommen."

Von Erdbeben hatte er schon mal gehört. Nun glaubte er alles zu verstehen.

„Da hat die Erde gewackelt und alle Häuser gingen kaputt. Die Mauern sind eingestürzt, und mein Opa und meine Oma wurden darunter begraben", erzählte er in der Schule.

Seine Kameraden hörten mit einiger Andacht zu, vielleicht auch mit ein bisschen Neid, denn niemand sonst hatte Großeltern, die bei einem Erdbeben gestorben waren. Und widerlegen ließ sich die Geschichte nicht. Das Beste aber war, dass sie ihm zuhörten. Bislang hatten sie ihn nur „Spaghettikind" genannt, die Älteren manchmal auch „Itakerbastard", was weniger harmlos war.

Salvatore erkannte früh die Macht der Worte. Sie vermochten einen Schein zu erwecken, der viel großartiger und schöner war als die reale Welt. Als er zehn war, klang die Geschichte von seinen Großeltern etwa so: „Mein Opa und meine Oma wurden unter den Steinen zerquetscht. Alles war voll Blut. Mein Opa lebte noch. Durch ein Loch konnte er noch eine Hand rausstrecken, aber die Steine waren so schwer, dass niemand sie wegräumen konnte. Drei Tage lang konnte man seine Hand sehen. Aber er wurde immer schwächer. Am vierten Morgen lag die Hand schlaff da. Er war gestorben, und als man die Leichen endlich unter den Steinen wegholte, waren sie schon halb von Ratten gefressen."

Alle Kinder wollten die Geschichte hören, und er merkte bald, dass sie sich in handfesten Werten messen ließ. Wenn er die Geschichte erzählen sollte, ließ er sich in Keksen bezahlen, ersatzweise mit dem Recht, die halbe Kakaotüte seines Zuhörers leer zu trinken, die es in der Pause für fünfzehn Pfennige zu kaufen gab.

Als er zwölf war, hatte er die Geschichte vom Tod seiner

Großeltern mit weiteren Details bereichert, sodass er mühelos eine ganze Pause füllen konnte. Die Ausschmückungen reichten von der Größe und dem Hunger der Ratten über die grauenvollen Schreie seines Großvaters – die Ratten begannen nun an ihm zu nagen, während er noch bei vollem Bewusstsein war – bis hin zu den letzten Worten des Sterbenden, mit denen er dem Priester, der ihm in diesem Moment die Hand hielt, das Versteck eines sagenhaften Schatzes verriet.

„Und woher hatte dein Opa diesen Schatz?“, fragte wohl manchmal ein skeptischer Zuhörer.

„Er gehörte zur Mafia“, antwortete Salvatore mit einem Schulterzucken, als wäre damit alles erklärt. Und falls jemand nicht wusste, was die Mafia war, gab er auch hierzu farbenfrohe und schockierende Erläuterungen ab, ohne sich zweimal bitten zu lassen.

In Anbetracht seines schlechten Starts ins Leben sicherte er sich auf diese Weise einen recht beachtlichen Platz im Klassengefüge. Wenn er nachmittags im Hinterraum der Gaststätte saß, wo seine Mutter immer noch arbeitete, holte er sich nach den Hausaufgaben die Zeitschriften an den Tisch, die für die Gäste auslagen, das waren die Quick, die Bunte und der Stern sowie etliche trivialere Blättchen, um sein Wissen über das Weltgeschehen jenseits der Ereignisse, die in den Geschichtsbüchern landeten, zu vertiefen, über das Leben von Filmstars, Prinzen und Prinzessinnen, Frauen mit dicken Brüsten und Männern mit viel Geld, und vor allem über Mord, Totschlag und andere menschliche Abgründe.

Ein weitere Quelle der Inspiration war das Kino. An der Lindenhofstraße gab es damals das Roland-Kino, und seit Salvatore zwölf war und nicht mehr nur in Kleinkinderfilme durfte, besuchte er manchmal die Nachmittagsvorstellung, bezahlt mit dem Geld, das er sich mit Autowaschen und dem Tragen von Einkaufstaschen verdiente. Im

Roland-Kino liefen meist laute und nicht sehr tiefgehende Filme, Actionfilme würde man sie heute nennen. Dabei stachen die Monsterfilme heraus, viele davon aus japanischer Produktion, wobei Godzilla all die anderen Pappmonster in den Schatten stellte. Die Filme trugen reißerische Namen wie *Frankensteins Höllenbrut* oder *Dämonen aus dem Weltall*. Hatte man einen gesehen, kannte man sie alle, was Salvatores Freude am Zuschauen aber nicht minderte.

Das Kino war meist nicht besonders voll. Seit Ende der 1960er-Jahre kauften sich immer mehr Leute einen Fernseher und blieben in ihren vier Wänden, um es sich gemütlich zu machen. 1971 wurde die Universität Bremen gegründet, und auch die Studenten, die nun in die Stadt kamen, saßen lieber bei sozialkritischen Fassbinder-Filmen vor der Glotze der Wohngemeinschaft, als sich in einem heruntergekommenen Kino japanische Monster anzusehen, die nichts anderes taten als Städte zu zerstören und sich in lächerlichen Kostümen, in denen überdeutlich Menschen steckten, gegenseitig umzubringen. Sie hielten sich ohnehin viel lieber im Steintor auf als im Arbeiterviertel Gröpelingen, mit dessen ausgebeuteten proletarischen Bewohnern sie sich zwar theoretisch gerne solidarisierten, denen sie im täglichen Leben aber meist nicht allzu nahe kamen.

Immer öfter hatte Salvatore an den Nachmittagen das Kino fast für sich, und er begann, das leicht morbide Ambiente zu lieben. Manchmal waren nur vier oder fünf Zuschauer da. Es war absehbar, dass der Betreiber auf diese Weise den Laden nicht mehr ewig würde halten können. Salvatore brachte sich Salzstangen und eine Tüte Kakao mit und machte es sich auf einem Platz seiner Wahl bequem, meistens in der Mitte des Saales, mit vielen leeren Sitzen zu allen Seiten.

„Das ist der wirkliche Film", dachte er einmal in dem kurzen Moment, als die große Leinwand zwischen dem Ende der

Werbung und dem Beginn des Hauptfilms völlig schwarz war. „Das ist der Film. Eine leere, dunkle Fläche, die wir selber füllen müssen. All die bunten Bilder, die vorher oder nachher kommen, sind für die Menschen gut, die selber nichts im Kopf haben."

Das war eine schwerwiegende Einsicht. Und während in den nächsten anderthalb Stunden auf der Leinwand unechte Monster brüllten und miteinander rangen, während die Welt explodierte und wieder auferstand und zwei Menschen sich verloren und wieder fanden, wartete er im Grunde nur auf das Ende des Films und darauf, dass die Leinwand dunkel wurde und für ein paar Sekunden völlige Stille eintrat, ehe die Beleuchtung anging und die zerschlissenen Polster und den Dreck auf dem Fußboden und die ganze Armseligkeit des Raums offenbarte.

„Ich gehe nachher noch mal weg. Kann spät werden", sagte er am Freitagabend zu seiner Mutter, als sie gemeinsam am Tisch saßen und die Suppe löffelten, die sie in einem Topf aus der Gaststätte mitgebracht hatte.

Sie nickte abwesend und fragte nicht weiter. Er war nun sechzehn, und sie ließ ihn meist seiner Wege gehen. In den letzten Jahren war ihrem Gesicht immer mehr ein Ausdruck zu eigen geworden, als würde sie im Wachen träumen oder als befände sie sich in einem Raum, der mit einer gläsernen Wand von der Welt getrennt war. Salvatore wusste, dass sie Pillen nahm, gegen Schlaflosigkeit, gegen Traurigkeit, gegen das böse Erwachen am Morgen. Es waren Pillen wie aus Zuckerguss, hellrosa und weiß wie Liebesperlen. Damals dachte man sich nichts dabei. Die Ärzte verschrieben gerne viele Dinge. Es war die Zeit der Offenheit für neue Erfahrungen und neue Drogen. Jeder Schüler rauchte Gras, jeder Student warf sich Trips rein. Die Siebziger begannen gerade, wild zu werden. Gabi Müller warf sich Liebesperlen ein und sank in einen weichen, bodenlosen Schlaf, der sie wie ein überdimensionales Federkissen in die Tiefe drückte.

Salvatore machte sich ein paar Wurstbrote und füllte einen halben Liter Fanta aus der großen Flasche in seine Thermoskanne, wo sie schön kühl bleiben würde. Dann machte er sich auf den Weg zum Kino. Die Spätvorstellung hatte schon begonnen. Die Kampfschreie der Monster dröhnten bis nach draußen. Er wollte eine Karte lösen, aber der gelangweilte Kassierer, der ihn schon kannte, winkte ihn einfach durch.

„Ist sowieso schon halb vorbei“, sagte er.

Salvatore fand den Weg zu seinem Stammplatz längst im Dunkeln. Das Kino war fast leer. Als das letzte Monster tot am Boden lag und Godzilla mit einem Siegesruf in Richtung Abenddämmerung davonstampfte, ließ er sich zwischen die Sitzreihen gleiten und war verschwunden. Das Licht ging an, aber ein flüchtiger Blick reichte dem Angestellten. Gefegt wurde erst am nächsten Morgen. Nach etwa zehn Minuten ging das Licht wieder aus. Salvatore verharrte noch eine Weile unter den Sitzen. Erst als er das Schließen der Haupttür hörte, setzte er sich zurück auf seinen Platz, legte die Arme auf die Lehne des Vordersitzes und schaute in die undurchdringliche Schwärze. Die beiden einzigen Lichtflecken kamen von den grünlichen Notausgangsschildern, von denen sich eins hinter ihm über der Eingangstür befand, und das andere vorne links neben der Leinwand, wo eine schmale Tür in den Hinterhof führte. Er dachte daran, die kleine Taschenlampe in seiner Jackentasche anzuknipsen, ließ es aber bleiben. Seine Augen gewöhnten sich an die Dunkelheit. Er erkannte die Falten des dunklen Vorhangs, der sich vor die Leinwand gezogen hatte, und den fleckigen Boden zu seinen Füßen.

„Alles ist gut“, dachte er. „Jetzt gehört das alles mir.“

Er lehnte sich bequem zurück und zog eines der belegten Brote hervor. Dann trank ein paar Schluck Fanta, nicht zu viel, denn die Nacht würde noch lang werden. Er schaute auf seine Armbanduhr. Es war kurz vor Mitternacht. Er knüllte das Brotpapier zusammen und warf es irgendwo zwischen die Sitze. Dann starrte er vor sich hin. Seine Gedanken zerfaserten. Der nächtliche Saal war langweiliger als gedacht. Keine bunten Bilder, keine phantastischen Welten, die sich vor ihm auftaten. So auf Abruf ging das eben nicht. Nach einer unwägbaren Zeit, die ihm wie eine Ewigkeit vorkam, schaute er wieder zur Uhr. Eine Dreiviertelstunde war vergangen. Im Grunde war es eine Schwachsinnsidee gewesen, sich hier einschließen zu lassen. Vielleicht sollte er versuchen zu schlafen.

Er klappte die Armlehnen der benachbarten Sitze hoch und wollte sich gerade ausstrecken, als ein Geräusch ihn aufhorchen ließ. Augenblicklich verharrte er. Das Geräusch schien ein Stück hinter ihm gewesen zu sein, nicht sehr weit entfernt. Er lauschte. Als er schon beinahe glaubte, sich getäuscht zu haben, hörte er es erneut. Ein Rascheln in Bodennähe, ein leises Scharren und Kratzen.

„Ratten", dachte er mit einer Mischung aus Abscheu und Erleichterung.

Wahrscheinlich lebten hier ganze Imperien von Ratten. Sie bauten ihre Nester in den alten Polstern, und nun hatte eins der Biester das Brotpapier entdeckt, das er vorhin weggeworfen hatte, und suchte darin nach Krümeln.

„Ich bin wirklich ein Idiot", murmelte er leise.

Er legte sich lang hin, den Kopf auf seine Jacke gebettet. Das war nicht sehr bequem, aber für ein paar Stündchen würde es gehen. Er schloss die Augen, öffnete sie wieder, schloss sie erneut, wobei der Grad der Dunkelheit fast gleich blieb. Nur der schwachgrünliche Schimmer der Ausgangsschilder ließ einen Unterschied erahnen. Er atmete leise und horchte auf die Stille. Die Luft war stickig. Es war noch ziemlich warm für Mitte September, und das Kino hatte sich in den letzten Wochen ordentlich aufgeheizt.

Nach einer Weile raschelte es wieder. Die Ratte spielte mit dem Brotpapier. Solange sie nicht auf die Sitze sprang, sollte es ihm egal sein. Das Trippeln der kleinen Füße kam mal näher, mal entfernte es sich wieder. Dazwischen war ein feines und sehr hohes Fiepen zu hören. Unweigerlich dachte er an seine Großeltern auf Capri, an seinen Großvater, der lebendig von Ratten gefressen worden war. Und obwohl er doch genau wusste, dass er sich das alles nur ausgedacht hatte und kein Wort davon stimmte, hatte er deutlich die greisenhafte Hand vor Augen, die sich aus einem Spalt zwischen den Steinen herausstreckte und langsam schwach und schwächer wurde.

Er drehte sich auf die Seite, was etwas bequemer war. Wieder das Trippeln der Pfoten, diesmal ganz nah, direkt unter dem Sitz, auf dem sein Kopf ruhte. Dann war da noch ein anderes Geräusch, ein metallisches Knarren und ein Knautschen wie von altem Stoff. In der Nase hatte er plötzlich einen muffigen Geruch. Wieder knarrte es. Es klang fast so, als sei einer der alten Kinositze heruntergeklappt und mit Gewicht belastet worden. So, als habe sich jemand hingesetzt. Er fühlte seinen Herzschlag schneller werden. Es knarrte noch einmal. Wie in Zeitlupe drehte er sich auf die andere Seite, gewissenhaft darauf bedacht, seinerseits nicht das geringste Geräusch zu machen. Dann zog er sich mit einer Hand an der Rückenlehne hoch, bis er darüber hinwegschauen konnte. Nun war alles still. Das grünliche Licht des Notausgangsschilds wirkte etwas geisterhaft. Als er gerade den Kopf drehen wollte, schien es ihm plötzlich, als wäre ein Stück rechts von dem Licht ein dunkler Fleck, als säße in der vorletzten Reihe eine Gestalt, eine Art Schatten, der sich nicht bewegte.

Mit angehaltenem Atem ließ Salvatore sich hinter die Lehnen zurücksinken, während der Verstand ihm sagte, dass das ganz unmöglich war. Einige Minuten verharrte er völlig reglos. Dann knarrte es wieder. Sein Magen zog sich zusammen. Lautlos stützte er sich wieder hoch und schaute noch einmal. Das Ding war noch da, aber nicht mehr an der gleichen Stelle. Es schien näher gerückt zu sein, eine oder vielleicht auch zwei Reihen.

Hinter Salvatores Stirn begann es zu pochen. Das war doch ausgemachter Schwachsinn! Er presste sein Gesicht an das alte Sitzpolster und lauschte. Minutenlang blieb alles still, bis auf das Trippeln unter den Sitzen. Es schienen immer mehr Ratten zu werden. Sie kamen nun aus ihren Verstecken, wo sie die Tage verbrachten. Mit jedem Atemzug hatte er den widerlichen Geruch in der Nase, der dem zerschlissenen Stoff entströmte. Wahrscheinlich tanzten die Ratten jede Nacht auf den Sitzen herum, und die Polster waren gesättigt mit Kot und Urin und Krankheitserregern. Er spürte ein leichtes Würgen im Hals. Der Speichel in seinem Mund wurde seifig. Dann vernahm er wieder das Knarren. Ob er wollte oder nicht, er musste noch einmal schauen, musste sehen, ob der Schatten noch an der gleichen Stelle saß.

Er stützte sich hoch und schaute über die Lehne. Seine Augen hatten sich inzwischen soweit an die Dunkelheit gewöhnt, dass er die Sitzreihen gut unterscheiden konnte. Er sah den Schatten nicht sofort.

„Gott sei Dank", entfuhr es ihm mit einem Seufzer. „Fast hätte ich mir in die Hose gemacht."

Dann aber bemerkte er den dunklen Umriss ein Stück weiter rechts. Er war auch wieder ein paar Reihen nach vorne gerückt. Bei jedem Knarren hatte er den Platz gewechselt und kam auf diese Weise immer dichter heran.

„Das muss eine Täuschung sein", dachte Salvatore. „Ich muss nur genau hinsehen. Dann wird er verschwinden. Dann wird er sich in viele kleine Atome auflösen."

Und er starrte, bis Funken vor seinen Pupillen tanzten.

Die Luft begann zu flimmern. Sein eigener Atem erschien ihm plötzlich überlaut. Aber solange er auch schaute, der Schatten verschwand nicht.

„Scheiße", dachte Salvatore mit aufkeimender Panik.

Plötzlich hatte er das Gefühl, nach Angst zu riechen. Was auch immer das da hinten sein mochte, es wusste, dass er hier war. Warum sonst sollte es immer näher kommen? Er dachte daran, aufzuspringen und das Ding mit der Taschenlampe anzuleuchten. Dann würde sich ja zeigen, was es war. Vielleicht würde es sich in Luft auflösen. Vielleicht würde es vor seinen Augen zu Staub zerbröseln, so wie ein Vampir im Film, wenn er ins Sonnenlicht geriet.

„Und wenn nicht?", fragte er sich fiebrig. „Eine Taschenlampe ist kein Sonnenlicht. Vielleicht reize ich es damit nur."

Es knarrte wieder, diesmal aus einer anderen Richtung. Ein Sitz wurde heruntergeklappt. Rasch blickte Salvatore sich um. Da vorne, nahe beim Vorhang, saß nun ebenfalls ein Schatten, ein bisschen gebeugt, leicht eingesunken, so wie manchmal alte Leute dasaßen, wenn ihnen der Rücken müde wurde.

„Scheiße", dachte Salvatore wieder.

Er erinnerte sich an den Film, den er im letzten Jahr gesehen hatte. Da waren in der ganzen Stadt lebende Tote aufgetaucht. Sie krochen aus ihren Gräbern und jagten die Menschen. Der Film war erst ab achtzehn gewesen, aber der Kassierer hatte ein Auge zugedrückt.

Wieder knarrte es. Der Schatten hinter ihm, nun ganz deutlich und klar umrissen, war ein weiteres Mal näher gerückt. Salvatore starrte ihn an. Es trennten sie nur noch wenige Reihen. Je länger er schaute, umso mehr schien die Gestalt ein Gesicht zu haben. War das denn tatsächlich ein Mensch?

Nun knarrte es wieder aus der anderen Richtung. Da vorne saßen sie nun zu zweit, direkt nebeneinander. Offenbar gehörten sie zusammen. Zwei alte Leute, die gekommen waren, um sich einen Film anzuschauen. Einen stummen Film auf einer schwarzen Leinwand. Die Ratten unter den Sitzen wurden immer dreister. Die kleinen Füße trippelten und rannten. Ein letztes Mal raschelte das Papier. Sie ließen es zurück. Sie hatten wohl etwas Besseres entdeckt, um sich die Mägen zu füllen. Salvatore zog die Füße hoch. Um zehn Uhr würde das Kino wieder öffnen. Dann kam die Putzfrau und fegte und feudelte alles einmal durch. Aber bis dahin war es noch eine endlose Zeit.

Als es das nächste Mal knarrte, hatte der erste Schatten wieder den Platz gewechselt. Er war nun schon erschreckend nah. Seine Züge ließen sich nun gut erkennen. Es war ein Mann mittleren Alters mit dunklen Haaren, die er nach Art eines Gigolos mit Creme zurückgekämmt hatte. Er kam Salvatore auf seltsame Art bekannt vor. Er schien nicht sehr groß zu sein und wirkte etwas untersetzt. Fast hatte es den Anschein, als ob er lächelte. Ja, er lächelte und nickte.

Salvatore starrte ihn an. Ganz allmählich erwachte in ihm eine Erkenntnis, die viel beängstigender war als jeder Zombiefilm. Früher hatte seine Mutter ihm manchmal ein Foto gezeigt, eine alte Schwarz-Weiß-Aufnahme, das einzige Bild, das sie von seinem Vater besaß. Ein nicht sehr großer Mann, der seine Haare glatt nach hinten kämmte.

„Das ist ja verrückt", dachte er nun, während er den Schatten anstarrte.

Und der Schatten nickte ihm zu.

Dann fiel Salvatore der Tag vor etwa zwei Jahren ein, als er den Ordner durchstöbert hatte, in dem seine Mutter die wichtigen Dokumente aufbewahrte. Da war er auf einen Brief gestoßen, den Brief einer Behörde. Man teilte seiner Mutter mit, dass ein Salvatore Firelli in ganz Italien nicht aufzufinden sei. Das war wie ein Schlag vor den Kopf gewesen. Sie hatte ihn angelogen, das ganze Leben lang. Der silberne Ford Taunus hatte nie existiert, und auch der tödliche Unfall zwei Tage vor der geplanten Hochzeit war eine Lüge gewesen. Sein Vater hatte sie ganz einfach sitzen lassen. Das schöne Haus auf Capri, die Meerjungfrau in der blauen Grotte, das Erdbeben, alles Lüge, Lüge, Lüge ... Danach hatte Salvatore ihr nicht mehr getraut. Tagelang hatte er nicht mit ihr geredet, hatte an ihr vorbeigeschaut, als wäre sie Luft. Sie hatte geweint und immer wieder beteuert, dass sie es doch nur gut gemeint habe.

Inzwischen war in der Nähe des Vorhangs ein Tumult entstanden. Die Ratten schienen sich zu beißen, ihr Quieken wurde immer schriller. Vielleicht stritten sie ums Futter. Die beiden Gestalten saßen nicht mehr aufrecht da. Sie sanken immer weiter zwischen die Sitze, als würde etwas Großes an ihnen zerren und sie nach unten ziehen. Ein lautes Schmatzen war zu hören, so wie von einem Raubtier.

„Die Ratten fressen sie auf", dachte Salvatore.

Der eine Schatten verschwand zwischen den Sitzen. Von dem anderen streckte sich nur noch ein Arm in die Höhe. Es gab Drogen, von denen man Wahnvorstellungen bekam. Und es gab bedauernswerte Menschen, die sich mit LSD das Gehirn weggeschossen hatten und für immer auf einem Trip hängen blieben. Da kursierten ganz wilde Geschichten. Er selbst hatte allerdings noch nie so ein Zeug genommen. Er hatte auch kein Haschisch geraucht. Er rauchte ja nicht mal Zigaretten. Er fand es schon schlimm genug, dass seine Mutter sich immer diese Pillen einwarf.

Salvatore fühlte kalten Schweiß auf der Stirn. Die Fanta aus dem Kühlschrank. Die Flasche war noch voll gewesen, aber der Schraubverschluss nicht mehr fest verschlossen. Vielleicht hatte seine Mutter etwas hineingetan. Vielleicht ein paar von ihren Scheißpillen. Von denen konnte man Halluzinationen kriegen, wenn man nicht daran gewöhnt war.

Hinter ihm knarrte es, und er wusste, dass der Schatten, der wie sein Vater aussah, noch näher gerückt war. Ganz langsam drehte er den Kopf. Sie waren jetzt nur noch durch eine Reihe voneinander getrennt. Es war Salvatore Firelli, daran gab es keinen Zweifel mehr.

„Was willst du?“, flüsterte Salvatore.

Seine Stimme schien in der staubigen Luft zu schweben. Der muffige Geruch war nun unerträglich. Da streckte der Schatten ihm die Hand entgegen. Sie war zu einer Faust geballt. Ganz langsam öffnete er die Finger. Auf der Handfläche lag etwas. Es waren Kügelchen. Viele kleine Kügelchen, hellrosa und weiß. Wie Liebesperlen sahen sie aus.

In diesem Moment begann die Erde zu dröhnen. Die Ratten stoben auseinander. Ihr eiliges Getrappel verlor sich in der Dunkelheit. Es dröhnte wieder, dann folgte ein Stampfen, als würde sich etwas Gewaltiges nähern. Es gab nicht viele Dinge, vor denen hungrige Ratten die Flucht ergriffen.

„Ein Erdbeben“, dachte Salvatore panisch.

Da vorne zwischen den Sitzen ragte noch immer die Hand heraus. Die Ratten hatten ihr Werk nicht vollendet. Ein ohrenbetäubendes Gebrüll zerriss die Luft. Etwas Unglaubliches und wahrhaft Furchterregendes wälzte sich durch die Sitzreihen, eine gewaltige dunkle Form, die fast bis an die Decke reichte. Schuppen, die metallisch glänzten, fluoreszierende Funken spritzen zu den Seiten weg. Das war Godzilla, das größte Monster der Welt. Kein Japaner in einem schlechten Kostüm, sondern ein echtes Ungeheuer!

Salvatore ließ sich zwischen die Sitzreihen fallen, machte sich ganz dünn und kroch auf allen Vieren dem Ausgang zu. Das grünliche Schild wies ihm den Weg. Er tastete nach der Klinke und riss die Tür auf. Dann befand er sich im Foyer. Durch die gläserne Eingangstür sah er die nächtliche Straße. Hinter ihm dröhnte ein schrecklicher Schrei. Godzilla war ihm auf den Fersen. Er würde ihn verschlingen, wenn er ihn erwischte. Verzweifelt trommelte er gegen die Scheiben. Die Straße war leer, niemand hörte ihn. Da nahm er einen Stuhl und zertrümmerte das Fenster. Scherben prasselten auf ihn nieder. Frischer Wind schlug ihm entgegen. Godzilla hörte auf zu schreien. Stattdessen ging die Alarmanlage los.

Eilig kletterte Salvatore durch den Türrahmen. Dann begann er zu laufen. Feine Regentropfen benetzten sein Gesicht. Donnergrollen lag in der Luft. Etwas trieb ihn an, eine Angst, die ihm die Luft abschnürte, eine Beklemmung, für die es keinen Namen gab. Ein Streifenwagen fuhr an ihm vorbei. Das Blaulicht spiegelte sich in den Pfützen. Salvatore rannte vorbei an der Pizzeria Capri. Alles drehte sich vor seinen Augen. Er schwankte, stolperte, fiel der Länge nach hin. Sein linkes Knie tat höllisch weh. Sein Kopf wurde langsam wieder klar, aber seine Muskeln zitterten. Die Lichter der Ampel schienen zu pulsieren, sie wechselten von gelb zu rot. Auf der anderen Straßenseite stand plötzlich ein Mann, ein dunkler Schatten ohne Gesicht. War das wieder Salvatore Firelli? Er nickte und streckte ihm die Hand entgegen, genau wie vorhin im Kino. Wieder rannen ihm Liebesperlen durch die Finger, Unmengen von Liebesperlen, ein ganzer Strom. Sie rieselten auf die Straße und flossen mit dem Regen davon. Am Handgelenk trug er eine leuchtende Uhr. Die Zeiger zeigten auf fünf vor zwölf.

„Es muss doch schon viel später sein", dachte Salvatore verwirrt. Er lief weiter, obwohl er kaum noch Luft bekam.

„Fünf vor zwölf", dachte er hektisch.

Dann traf ihn die Erkenntnis.

„Mutti!", keuchte er und rannte wie um sein Leben.

Im Hausflur schlug ihm dumpfer Geruch entgegen. Er rannte die Treppen hoch und öffnete die Tür. Er schaltete das Licht an und stürzte in ihr Zimmer. Ihr Bett war leer und glatt, als hätte sie es frisch gemacht. Im Wohnzimmer standen noch die Teller vom Abendessen auf dem Tisch. Der Plattenspieler spielte leise *Capri-Fischer*. Das war ihr Lieblingslied. Neben der Suppenschüssel stand die Fantaflasche, daneben ordentlich aufgereiht ein halbes Dutzend Pillenröhrchen. Seine Mutter lag auf dem Fußboden zwischen Sofa und Tisch. Ihre Augen waren geschlossen, ihr Gesicht so bleich wie Wachs. Ihr Atem war kaum noch spürbar, auf ihren bleichen Lippen stand Schaum.

Salvatore hämmerte an die Tür der Nachbarn, die als einzige im Haus schon Telefon besaßen.

„Einen Krankenwagen, schnell!"

Er kniete neben seiner Mutter und hielt ihre Hand. Als der Rettungswagen kam, schoben die Sanitäter ihn zur Seite.

„Zu spät", sagte einer, der ihren Puls gefasst hatte.

Sie legten sie auf das Sofa. Dann ließ man ihn mit ihr allein. Er nahm die flauschige Decke und deckte sie damit zu. Nicht ihr Gesicht, wie man es sonst mit Toten machte, sondern nur ihren Körper, damit sie nicht fror. Ihre Lippen sahen jetzt ganz bläulich aus. Er konnte auch gar nicht glauben, dass sie wirklich tot war. Vielleicht war sie nur verreist, machte ein bisschen Urlaub in der Sonne. Der Plattenspieler spielte wieder das gleiche Lied.

„Sie wollte schon immer nach Capri", erzählte er den Polizeibeamten, die etwas später kamen, um die Umstände des Todesfalls aufzunehmen.

„Nach Capri?", fragte einer der Polizisten irritiert.

„Auf Capri wohnen Oma und Opa. Mutti wollte sie schon lange besuchen." Er lächelte etwas abwesend. „Sie ist jetzt in der blauen Grotte und flüstert mit der Meerjungfrau."

„Geht es Ihnen nicht gut, junger Mann?", fragte der Polizist.

„Doch, es geht mir bestens", sagte Salvatore freundlich.

Seitdem er Godzilla entwischt war, konnte nichts mehr ihn erschüttern. Vielleicht stand er auch einfach unter Schock.

Man ließ einen Arzt kommen, der ihm ein Beruhigungsmittel gab. Da es zu unsicher war, ihn allein in der Wohnung zu lassen, ließ man ihn ein paar Sachen in eine Tasche packen und brachte ihn in ein Heim. Später schickte man ihn auch in eine Therapiegruppe für Jugendliche aus schwierigen Verhältnissen. Aber der Wunsch, seiner Mutter nach Capri zu folgen, begleitete ihn noch viele Jahre.

Manuela

Ein Mord in Walle, 1977

Manuela war eine heiße Braut, da waren wir uns alle einig. Da man als Gymnasiast der 11. Klasse aber gelernt hatte, Frauen nicht nur nach Äußerlichkeiten zu beurteilen, sondern auch nach inneren Werten und Fähigkeiten, nannten wir die Dinge, die wir an ihr schätzten, meist nur sehr diskret beim Namen. In Gegenwart der Lehrerinnen für Gemeinschaftskunde und Politische Bildung vermieden wir solche Äußerungen ganz. Und auch vor Suse vom feministischen Schülerinnen-Referat nahmen wir uns in Acht, denn das Geschrei, dass sie anzustimmen pflegte, wenn sie eine ihrer Geschlechtsgenossinnen diskriminiert oder zum Lustobjekt herabgewürdigt wähnte, war unerträglich, und basierte – da waren wir uns ebenfalls einig – wohl hauptsächlich auf Neid.

Manuela war toll. Groß und schlank mit dunklen Haaren, schönen Augen und langen Beinen, die im Herbst in kniehohen schwarzen Stiefeln steckten. Auf der Straße drehten sich die Männer nach ihr um. Sie lächelte nur gelassen, als würde sie das kaum bemerken. In Mathe und Physik hatte sie keinen Durchblick, in Chemie und Biologie auch nicht viel mehr, aber das war nicht so wichtig. Das fand niemand schlimm. Im Gegenteil, das eröffnete den Jungen die Möglichkeit, ihr bei den Hausaufgaben zu helfen.

Manuela war meine Traumfrau. Und ich war leider ein Versager. Ich war in keinem Fach gut genug, um ihr Nachhilfe anzubieten. Und ich war ein Spargeltarzan. Zu klein, zu dünn, zu mickrig, mit spärlichem Flaum auf den Wangen und Muskeln wie ein Mädchen. Neben den anderen sah ich aus wie eine Witzfigur, und so fühlte ich mich auch oft. Umso verwunderter war ich, als Manuela mich im Oktober zu ihrem siebzehnten Geburtstag einlud, den sie an einem Wochenende, an dem ihre Eltern nicht da waren, groß feiern wollte. Ich stammelte zusammenhanglose Dankesworte. An besagtem Samstag trug ich einen Ringelpulli, in dem ich noch dünner aussah, parfümierte ich mich mit dem Rasierwasser meines Vaters und kaufte bei Fleurop einen richtigen Blumenstrauß, wobei mich die Verkäuferin zum Glück vor roten Rosen bewahrte.

Manuela wohnte in Walle, und zwar im Hochhaus in der Almatastraße, das erst im letzten Jahr bezugsfertig geworden war. Die Wohnung ihrer Eltern lag nicht ganz oben, aber immerhin doch im siebzehnten Stock, und war geräumig und modern eingerichtet. Damals fand man es noch toll, in einem Hochhaus zu wohnen, weil es ungewöhnlich war. Und mit dem Fahrstuhl zur Wohnung zu fahren, als sei das völlig selbstverständlich, war auch nicht zu verachten. Die Aussicht vom Balkon war gigantisch. Ich war noch nie in so einem hohen Gebäude gewesen und dementsprechend beeindruckt.

Manuela bedankte sich für meinen Blumenstrauß ohne eine Spur von Ironie, was ich ihr hoch anrechnete. Wir saßen im Wohnzimmer auf einer Sitzecke, die aus einzelnen Elementen bestand, und auf dem flauschigen Teppich. Der Schrank und die Regale waren aus hellem Holz und irgendwie ungewöhnlich, alles von IKEA. Das war der neue Möbelladen, der letztes Jahr eröffnet hatte. Meine Eltern waren schon da gewesen – und hatten das alles viel zu modern gefunden. Sie standen zu ihrem goldfarbenen Sofa, den dicken Sesseln und dem Stubenschrank in Eiche rustikal.

Wir tranken Bier, Cola und Bier-Cola gemischt, wozu es

Salzcracker und Käsehäppchen gab. Neben Manuela saßen Dörte und Almut, ihre beiden Zofen, die wesentlich unattraktiver waren und sich in ihrer Nähe sonnten. Die Jungen ließen dutzendweise Sprüche vom Stapel und versuchten, sich gegenseitig mit Wortwitz und Schlagfertigkeit zu übertreffen.

Man hätte denken können, dass Manuela eingebildet gewesen wäre, aber das war sie gar nicht. Sie lachte eher leise, warf nur manchmal ihr schönes Haar zurück, und stand immer wieder auf, um Nachschub an Knabberkram und Cola zu holen. Als es Abend wurde, verschwand sie für eine Dreiviertelstunde in der Küche, wo sie eigenhändig Pizzateig herstellte und zwei große Bleche belegte, wobei Dörte und Almut ihr beim Käseraspeln und Zwiebelschneiden assistierten. Fertigpizza und Lieferdienste waren damals noch nicht verbreitet. Die Pizza schmeckte köstlich, und ich nahm mir fest vor, Muskeltraining zu machen, Anwalt oder Architekt zu werden und Manuela zu heiraten.

Als der Abend später wurde und der Kasten Bier fast leer war, fuhren Dietmar, Carsten und ich zum Spaß mit dem Fahrstuhl rauf und runter, bis uns übel wurde, und alberten so laut im Treppenhaus herum, dass der Hausmeister kam und uns vor die Tür setzte. Durch die Gegensprechanlage sagten wir Manuela, dass wir rausgeflogen waren. Sie lachte sich kaputt und sagte, das geschehe uns ganz recht. Sie ließ uns auch nicht wieder rein. Also trollten wir uns. Ich merkte, dass ich meine Mütze oben hatte liegen lassen, und freute mich, denn das war ein triftiger Grund, ihr am nächsten Schultag vorzuschlagen, sie noch einmal zu besuchen und die Mütze abzuholen.

Am Montag in der Schule erwischte Manuela mich, wie ich im oberen Flur zwischen den Vitrinen mit Präparaten und ausgestopften Tieren umherschlenderte, um die Pause nicht im Regen auf dem Schulhof zu verbringen.

„Hast du liegenlassen“, sagte sie und drückte mir die Mütze in die Hand.

Schade, wieder eine Hoffnung geplatzt.

„Danke“, sagte ich und kam mir vor wie ein Stoffel.

Sie sah mich an, wobei ihre Wimpern bebten. „Könntest du mir wohl einen Gefallen tun?“

„Aber natürlich“, sagte ich schnell, und fügte überflüssigerweise hinzu: „Du kannst jederzeit über mich verfügen!“

Sie lächelte. „Ich wollte nur fragen, ob du nachher mit mir nach Hause gehst. Ich habe heute Nachmittag noch Sport, und danach wird es schon dunkel.“

Ich hatte eigentlich nie den Eindruck gehabt, dass Manuela sich im Dunkeln fürchtete. Sie war auch gar kein ängstlicher Typ.

„Warum fragst du ausgerechnet mich?“, fragte ich mit dem leisen Argwohn, veralbert zu werden.

„Weil ich bei dir sicher sein kann, dass du keine Hintergedanken hast.“

Dass ich ständig Hintergedanken hatte, was sie betraf, sagte ich nicht, sondern nickte ernsthaft. Ihre Wimpern flimmerten noch immer. Sie schien tatsächlich nervös zu sein. Aber wohl kaum wegen meiner Anwesenheit, wie ich mir mit einem Anflug von Realismus eingestand.

„Was ist denn los?“, fragte ich.

„Wenn du es nicht weitersagst … Da war heute morgen so ein Kerl, der ist mir nachgegangen. An der Ampel fiel es mir schon auf, und dann ist er auch hier in die Lange Reihe gebogen. Ich habe die ganze Zeit seine Schritte gehört.“

„Vielleicht hatte er zufällig den gleichen Weg“, sagte ich, denn ich war mir immer noch nicht sicher, ob sie mich nicht veralberte.

„Nein, und es war auch nicht das erste Mal. Letzte Woche

hatte ich schon den Eindruck. Es ist immer der gleiche, da bin ich mir sicher. Und immer starrt er mich an.“

Ich fand das nicht sehr befremdlich. Es war fast unmöglich, Manuela nicht anzusehen.

„Ich weiß, was du denkst“, sagte sie in diesem Moment. „Du denkst, dass es meine eigene Schuld ist, wenn mich jemand verfolgt. Darum habe ich es ja bis jetzt niemandem gesagt, weil ich weiß, dass das alle denken.“

„Ich begleite dich gerne“, sagte ich rasch, bevor sich die Gelegenheit in Luft auflöste. Verfolger oder nicht, es war doch sehr schmeichelhaft, dass sie ausgerechnet mich gefragt hatte.

„Um 18 Uhr ist Sport vorbei. Dann komme ich zum Haupteingang“, sagte sie.

„Ich warte auf dich“, antwortete ich, und überlegte, ob das nicht fast so etwas wie ein Rendezvous wäre.

Meine Erdkundestunde fiel aus. Ich fuhr mit dem Bus nach Hause, aß zu Mittag und machte die Hausaufgaben. Dann fuhr ich zurück zur Schule und wartete auf Manuela.

„Danke“, sagte sie und lächelte, als ich ihr die Tür aufhielt.

Es nieselte. Wir hatten unsere Kapuzen aufgezogen, gingen die Lange Reihe bis zum Ende durch und überquerten die Waller Heerstraße. Es war ja kein weiter Weg, ein paar hundert Meter vielleicht.

„Und, hast du ihn irgendwo gesehen?“, fragte ich.

Manuela schüttelte den Kopf. „Wahrscheinlich lässt er sich nicht blicken, weil ich in Begleitung bin. Aber das heißt nicht, dass er nicht da ist.“

„Wenn du willst, kann ich dich öfter begleiten“, sagte ich zuvorkommend.

Sie lächelte und lief das restliche Stück alleine.

Am nächsten Tag wusste ich nicht, was mich in der Schule erwartete. Das hing nämlich davon ab, ob jemand von den anderen gesehen hatte, dass ich am Abend mit Manuela gegangen war. Es hatte ja keine große Bedeutung gehabt, zumindest für sie nicht, das war mir schon klar. Trotzdem hätte es mich gefreut, wenn das Gerücht die Runde machte, denn das hätte meinen eher schwachen Status ein gutes Stück nach oben verlegt.

In der Pause, als alle nach draußen gingen und ich mein Frühstück aus der Büchertasche kramte, blieb Manuela zurück. Dörte und Almut, ihre beiden Schattenpflanzen, warteten bereits an der Tür.

„Geht schon vor, ich komme gleich nach", rief sie ihnen zu und begann nun auch, in ihrer Tasche zu wühlen. Dörte und Almut schlenderten davon.

„Heute früh war er wieder da", sagte sie leise. „Er lässt mich nicht aus den Augen."

„Bist du dir sicher?", fragte ich.

„Ja. Und allmählich kriege ich Angst." Ich sah, dass ihre Hände zitterten.

„Wenn du willst, begleite ich dich nachher wieder."

„Macht dir das wirklich nichts aus?"

„Natürlich nicht", sagte ich und merkte, dass ich rot wurde.

„Das ist wirklich nett. Und danke, dass du mich nicht auslachst."

An diesem Tag hatten wir beide bis vierzehn Uhr Unterricht. Sie hatte Kunst, ich Musik. An der Tür des Kunstraums wartete ich auf sie.

„Wenn es dir lieber ist, kann ich auch draußen auf dich warten", sagte ich. „Du brauchst es mir nur zu sagen."

Ihre Augen waren ehrlich erstaunt. „Wieso sollte mir das lieber sein?"

Ich kam mir dumm vor. „Ich meinte ja nur. Es wird so schnell geredet."

Trotzig schob sie die Lippe vor. „Ist mir doch egal, was

die anderen denken. Ich freue mich, dass du mich begleitest."

In diesem Moment liebte ich sie aus ganzem Herzen, und ich fürchte, man sah es mir an.

Draußen nieselte es wieder. Wie am Vortag marschierten wir mit übergezogenen Kapuzen los. Diesmal nahmen wir einen anderen Weg und gingen durch die Ritter-Raschen-Straße. Manuela schaute sich ein paar Mal flüchtig um.

„Und?", fragte ich.

Sie schüttelte den Kopf. „Nichts zu sehen. Aber ich weiß, dass er irgendwo ist. Das spüre ich."

„Wie meinst du das?"

Sie fröstelte und strich sich über die Arme. „Ich kann es nicht erklären. Aber ich habe eine Gänsehaut, als würde etwas auf mich lauern, dem ich nicht entkommen kann."

Vielleicht sah sie zu viele Gruselfilme, wenn ihre Eltern nicht da waren. Aber das sagte ich natürlich nicht. Sie hatte sich bei mir eingehängt, und ich kam mir vor wie ein Held. Diesmal begleitete ich sie bis vor die Haustür. Sie bedankte sich noch einmal und verschwand hinter den gläsernen Scheiben.

Am nächsten Morgen wartete ich an der Schultür auf sie. Es klingelte schon. Da kam sie angelaufen und hastete die Stufen hinauf.

„Gut, dass du da bist. Er war wieder hinter mir her!"

Ich reckte mich und schaute in die Richtung, aus der sie gekommen war.

„Da ist niemand", sagte ich.

„Er war die ganze Zeit hinter mir, das weiß ich genau. Vielleicht ist er in den Park gegangen."

Das klang nicht sehr glaubwürdig, aber sie war blass und zittrig, und ich wagte keine Zweifel zu äußern.

„Kannst du ihn beschreiben?", fragte ich weiter.

Sie schüttelte den Kopf. „Fast gar nicht. Er trägt Jeans und eine Jacke mit Kapuze, so ähnlich wie du. Nur dass die Jacke blau ist statt braun. Die Kapuze zieht er sich weit ins Gesicht. Er könnte eins achtzig sein, vielleicht etwas größer. Und er ist kein Junge mehr, sondern ein erwachsener Mann. Das sehe ich daran, wie er sich bewegt."

Das war eine Allerweltsbeschreibung. Jeder trug damals Kapuzenjacken und Jeans.

„Wann gehst du heute nach Hause?", fragte ich.

„Nach der Mathestunde."

Ich hätte eigentlich noch meinen Chemiekurs gehabt, doch das war nicht so wichtig.

„Gut", sagte ich. „Heute machen wir es anders. Du gehst alleine los. Ich bleibe fünfzig Meter hinter dir. Dann sehe ich ja, ob dich jemand verfolgt. Und keine Angst, sobald er dir zu nahe kommt, bin ich da!"

Einen Moment dachte ich, dass sie mich küssen würde. Stattdessen berührte sie meine Hand. Dann lief sie los, denn sie hatte Geschichte, und die Lehrerin war ein Drachen.

Den ganzen Vormittag malte ich mir aus, wie ich Manuela vor einem unbekannten Frauenschänder retten würde, und verfluchte meine Faulheit, hatte ich mir doch schon vor zwei Jahren vorgenommen, einen Karatekurs zu besuchen. Zwischendurch kamen immer wieder leise Zweifel hoch, ob es den Verfolger wirklich gab, oder ob Manuela sich nur wichtig machen wollte.

Egal, dachte ich. Ich verbrachte jeden Tag Zeit mir ihr, und das hieß doch, dass sie mich mochte. Und das war mehr, als ich noch vor wenigen Tagen zu hoffen gewagt hatte.

Nach dem Unterricht machten wir es so, wie wir abgesprochen hatten. Sie ging vor, die Kapuze auf dem Kopf, und ich bummelte ein Stück hinterher, ohne sie aus den Augen zu lassen. Aber kein Verfolger tauchte auf, überhaupt niemand, auf den die Beschreibung hätte passen können. In der Almatastraße holte ich sie ein.

„Da war niemand“, sagte ich.

„Ich weiß“, antwortete sie. „Er war nicht da. Vielleicht hat er gesehen, dass du mir gefolgt bist.“

„Ja, vielleicht“, sagte ich vage.

„Du glaubst mir nicht, nicht wahr?“

„Doch, ich glaube dir. Und wenn du willst, bin ich morgen früh um acht vor deiner Haustür, dann gehen wir zusammen zur Schule.“

„Nicht nötig“, sagte Manuela. „Vielleicht sollte ich mich nicht so anstellen. Außerdem ist meine erste Stunde erst um zehn.“

An diesem Abend, während ich in meinem Zimmer saß und Physik büffelte und meine Eltern irgendeinen Klamaukfilm schauten, klingelte das Telefon. Ich hörte meine Mutter in den Flur gehen. Sie meldete sich, dann rief sie mehrmals Hallo in den Hörer.

„War keiner dran“, sagte sie zu meinem Vater, als sie sich wieder setzte.

Ein paar Minuten später klingelte das Telefon erneut, und diesmal stand mein Vater auf.

„Wieder keiner dran!“, hörte ich ihn sagen. „Vielleicht irgendein Witzbold.“

Ich merkte, dass mir die Gänsehaut in den Nacken kroch, und konnte mich auf die Berechnungen nicht mehr konzentrieren.

Etwas später klingelte es wieder, und diesmal sprang ich auf wie von einer Tarantel gestochen und riss den Hörer an mich, ehe mein Vater ihn erreichte.

„Hallo?“, rief ich.

Alles blieb still, nur ein leises Knacken war in der Leitung.

„Hallo?“, rief ich noch einmal.

„Bist du das?“, fragte eine Mädchenstimme, die so dünn klang, als käme sie aus dem All.

„Manuela?“, rief ich in den Hörer.

Aber es kam nichts mehr außer einem feinen Rauschen. Ich legte auf.

„Sag deinen Freunden, dass sie sich vernünftig melden sollen“, sagte mein Vater ärgerlich. „Sonst brauchen sie hier gar nicht mehr anrufen.“

Ich lief in mein Zimmer und schoss mir die Jacke über.

„Ich muss noch mal weg!“, rief ich ins Wohnzimmer und war zur Tür hinaus, noch ehe meine Mutter reagieren konnte.

Mein Fahrrad war seit Monaten kaputt. Der Bus nach Walle war gerade weg, darum begann ich zu laufen. Auf halber Strecke holte der nächste Bus mich ein. Am Waller Bahnhof stieg ich aus, dann rannte ich zum Hochhaus in der Almatastraße und klingelte bei Breuer.

„Wer ist da?“, fragte eine tiefe Stimme. Das musste Manuelas Vater sein.

„Ist Manuela zu Hause?“, rief ich in die Sprechanlage.

„Natürlich ist sie zu Hause. Sie liegt schon längst im Bett, und du gehst jetzt besser auch schlafen“, war die etwas pampige Antwort.

Ich kam mir lächerlich vor. Wahrscheinlich hatte ich schon Wahnvorstellungen, und das Mädchen am Telefon war gar nicht Manuela gewesen. Vielleicht war es überhaupt keine menschliche Stimme gewesen, sondern irgend so ein merkwürdiges Rauschen. Ich trottete den ganzen Weg zu Fuß zurück und nahm mir vor, Manuela nicht mehr ernst zu nehmen.

Am nächsten Tag war sie nicht in der Schule. Ich verwarf meine Meinung wieder und machte mir ernsthafte Sorgen. In der Pause suchte ich im Telefonbuch nach der Nummer ihrer Eltern, fand sie aber nicht.

Scheiße, dachte ich. Die nächste Stunde hielt ich noch durch, aber Mathe ließ ich sausen. Ich lief einfach los, ohne mich um die Klassenarbeit und meine Büchertasche zu kümmern, die noch im Klassenzimmer stand. In der Almatastraße drückte ich wie wild die Klingel.

„Du bist es, Gott sei Dank!", rief Manuela, und ihre Erleichterung klang zum Fürchten echt. „Komm bitte rauf, meine Eltern sind nicht da."

Ich stieg in den Fahrstuhl. Oben wartete sie schon auf mich.

„Komm schnell rein!" Sie zog mich in den Flur und schloss die Tür von innen ab. Im Wohnzimmer nahm sie meine Hand. Sie sah blass und ängstlich aus. Sie war auch nicht geschminkt, was sie viel jünger wirken ließ.

„Hast du mich gestern Abend angerufen?", fragte ich.

Verblüfft schüttelte sie den Kopf. „Nein, ich kenne deine Nummer doch gar nicht. Aber er war hier im Haus. Da waren Schritte auf dem Flur. Dann klopfte es an unserer Tür. Kein Klingeln von unten. Er war direkt hier an der Wohnungstür. Ich habe keinen Mucks gemacht. Es klopfte wieder, und dann kam seine Stimme durchs Schlüsselloch: Ich kriege dich. Ich weiß, dass du da bist … Vor Angst ist mir fast das Herz stehen geblieben. Ich habe die ganze Zeit da in der Ecke gestanden und keinen Schritt gemacht, damit er mich nicht hörte. Ganz leise bin ich irgendwann ins Bett gegangen. Und dann habe ich die ganze Nacht schlecht geträumt."

Ich schwankte zwischen Glauben und Zweifel.

„Bei uns hat dreimal das Telefon geklingelt", sagte ich langsam. „Aber nie war jemand dran. Einmal dachte ich, ich hätte deine Stimme erkannt. Darum bin ich abends noch losgelaufen. Ich habe hier unten geklingelt, aber dein Vater hat mich weggeschickt."

„Mein Vater?", fragte sie begriffsstutzig. „Wie meinst du das?"

„Na, dein Vater! Ich habe unten geklingelt, und dein Vater hat gesagt, dass du schon schläfst. Er hat nicht sehr freundlich geklungen."

Manuelas Augen wurden riesig, dann begann sie wie wild zu lachen: „Das ist jetzt nicht dein Ernst, oder? Sag, dass du einen Witz gemacht hast!"

Nun war es an mir, verblüfft zu schauen. „Was meinst du?", fragte ich. „Dein Vater hat gesagt, dass du schon schläfst, und dann bin ich wieder gegangen."

„Aber mein Vater ist doch gar nicht da!", rief sie schrill. „Er ist schon die ganze Woche weg. Hier war doch keiner außer mir!"

„Natürlich war da jemand", beharrte ich. „Ich spinne doch nicht! Ich habe doch mit ihm geredet."

„Oh mein Gott, dann war er in der Wohnung!" Sie zog die Knie an den Körper und drückte sich in die Ecke der Sitzgruppe.

Scheiße, dachte ich wieder.

„Bist du hier denn ganz alleine?" Ich konnte es kaum fassen.

„Ja, schon die ganze Woche! Mein Vater arbeitet in Mannheim, da kommt er nur an den Wochenenden her. Und meine Mutter ist am Sonntag zu ihrer Schwester gefahren, die liegt in Lübeck im Krankenhaus."

Nun schluchzte sie auf. Ich fasste mir ein Herz und legte ihr den Arm um die Schultern.

„Hast du wirklich die richtige Klingel gedrückt?", fragte sie wie eine Ertrinkende. „Vielleicht hast du dich versehen."

„Es war die richtige Klingel", sagte ich.

„Dann war er hier. Er war hier, während ich geschlafen habe", flüsterte sie tonlos. „Ich habe geträumt, dass hier jemand war, aber ich dachte, es wäre nur ein Traum gewesen. Ich habe auch geträumt, dass ich telefonierte, aber niemand antwortete mir."

„Das kann so nicht weitergehen“, sagte ich entschlossen. „Wollen wir nicht die Polizei einschalten?“

„Die halten mich doch für bescheuert“, antwortete Manuela. „Ich kann den Typen doch nicht mal beschreiben!“

„Du darfst hier auf keinen Fall alleine bleiben. Kannst du nicht bei Almut oder Dörte schlafen, bis deine Eltern wieder da sind? Das sind doch deine Freundinnen.“

Sie nickte hastig. „Ja, natürlich, das geht.“

Nervös packte sie eine Reisetasche zusammen. Mehrmals versuchte sie, bei Dörte und Almut anzurufen, hatte aber keinen Erfolg.

„Ist doch klar“, sagte ich. „Die sind noch in der Schule.“

Manuela ging ins Bad, schminkte sich schnell und ein wenig zu stark, sodass sie noch weißer wirkte. Ich schaute den Flur hinauf und hinunter, ob die Luft rein war.

„Lass uns gehen!“ Ich trug ihre Reisetasche, während sie an meinem Arm hing.

„Seht mal da, ein verliebtes Ehepaar!“, rief jemand hinter uns her, als wir den Schulhof erreichten.

„Idioten“, murmelte ich.

Dörte und Almut waren nicht aufzufinden.

„Wahrscheinlich sind sie jetzt gerade nach Hause gegangen“, sagte ich. „Versuch doch noch mal, sie zu erreichen. Ich hole eben meine Büchertasche.“

Ich rannte die Treppen hoch, immer zwei Stufen auf einmal. Manuela versuchte indessen am Fernsprecher in der Eingangshalle ihr Glück.

Ich beeilte mich sehr. Wirklich, ich brauchte nicht mehr als zwei Minuten. Aber als ich wieder nach unten kam, war Manuela nicht mehr da. Ihre Reisetasche war auch verschwunden. Wahrscheinlich hatte sie Dörte oder Almut erreicht. Dass sie gleich losgegangen war, ohne auf mich zu warten, konnte ich allerdings nicht verstehen und war einen Moment richtig sauer. Ich stand noch eine Weile herum, aber da ich nichts mehr tun konnte, verließ ich die Schule und fuhr nach Hause. Ich fühlte mich nicht sehr wohl dabei. Aber bei Dörte und Almut mochte ich nicht anrufen, denn ich konnte die beiden Hühner nicht leiden.

Am Abend saß ich wieder in meinem Zimmer über den Büchern, als im Flur das Telefon klingelte. Ich fuhr senkrecht in die Höhe.

Es war genauso wie am Tag zuvor. Zuerst ging meine Mutter an den Apparat. Dann legte sie ärgerlich wieder auf. „Wieder der Witzbold", hörte ich sie sagen.

Ich wartete. Ich wusste, dass es wieder klingeln würde. Immer heißer wurde es mir, ich spürte Schweiß in meinen Nacken rinnen. Zwei Minuten, drei Minuten. Es klingelte. Ich riss sofort den Hörer hoch. „Manuela?"

Ein Summen, ein Rauschen. Die Stimme klang genauso fern wie gestern. „Wo bist du? Bitte hilf mir doch", glaubte ich zu verstehen.

Und wieder lief ich los. Lief wie gehetzt, rannte wie von Sinnen. Keuchte, stöhnte, hielt mir die Seiten, und ahnte doch schon, dass es zu spät war. Am Waller Ring hatte ich Atemnot. Die Lange Reihe lag wie ausgestorben da. Ich setzte nun langsam Fuß vor Fuß. Auf der linken Seite ging es in den Park. Schaudernd betrat ich den sandigen Weg.

„Manuela?", rief ich leise.

Keine Antwort, alles war still.

„Manuela?", rief ich nun schon lauter.

Nichts. Der Mond schien fahl, es war nicht völlig dunkel. Ich ging ein Stück in den Park hinein. An der Gabelung blieb ich stehen und überlegte einen Moment. Wahrscheinlich war das alles Schwachsinn, und Manuela saß bei Dörte gemütlich auf dem Sofa.

Plötzlich hörte ich ein Schnauben und Rascheln. Im Gebüsch bewegte sich was. Instinktiv trat ich einen Schritt zurück.

„Was soll das?“, schrie ich, als eine Taschenlampe mir ins Gesicht leuchtete.

Im gleichen Moment fühlte ich einen so harten Schlag an der Stirn, dass ich hintenüber kippte und einige Minuten wie betäubt auf der Erde lag.

Dann rappelte ich mich wieder hoch. Mir war übel, mein Schädel dröhnte. Halbblind taumelte ich weiter, wusste kaum, in welche Richtung ich lief. Nach einer Weile stolperte ich über ein Bündel. Ich tastete es mit den Händen ab. Es war eine Reisetasche. Manuelas Tasche. Wieder rief ich, torkelte weiter.

Und dann fand ich sie. Sie lag auf dem Boden und wandte mir den Rücken zu. Ich fiel in die Knie und rief entsetzt ihren Namen, aber sie antwortete nicht mehr. Ich schüttelte sie. Meine Hände wurden warm und feucht von ihrem Blut. Da fing ich an, zu schreien wie ein Irrer. Ich konnte einfach nicht mehr aufhören. Trotzdem dauerte es eine Ewigkeit, bis endlich Leute kamen.

Auf der Polizeistation befragte man mich die halbe Nacht. Meine Hose und Jacke waren blutbeschmiert, ich musste immer wieder weinen. Ein Messer sei es gewesen, hörte ich jemanden sagen, mit einer großen, scharfen Klinge.

Ich erzählte alles, was ich wusste. Von dem unheimlichen Verfolger, den ich nicht gesehen hatte, von dem Mann, der unbemerkt bei Manuela in der Wohnung war, von den seltsamen Telefonanrufen bei uns zu Hause.

„Das macht doch alles keinen Sinn“, sagte der Kommissar, der das Protokoll aufnahm. „Ich glaube, er hat einen Schock.“

Irgendwann kamen meine Eltern. Ich war noch nie so froh

gewesen, sie zu sehen. Sie nahmen mich mit, und es dauerte zwei Wochen, ehe ich wieder zur Schule konnte. Zu Manuelas Beerdigung ging ich nicht. Ich habe ihr Grab erst später besucht, aber sie hat mir nichts mehr erzählt.

Es graut mir noch immer, wenn ich daran denke. Und noch immer kann ich mir einige Dinge nicht erklären, auch nach so vielen Jahren nicht. Den Täter hat man nie gefunden. Er läuft noch immer da draußen herum.

Unter den Trümmern

Rolandmühle, 1979

Der 6. Februar 1979 war ein Dienstag. Kurz vor halb zehn Uhr abends gab es einen so lauten Knall, dass Opa Scholz, der wie immer kurz nach der Tagesschau in seinem alten Ohrensessel eingeschlummert war, senkrecht in die Höhe fuhr.

„Ist wieder Krieg?", stieß er hervor.

Die Wände des kleinen Häuschens in der Wittmunder Straße bebten noch. In der Luft lag ein dumpfes Vibrieren, wie man es manchmal auf der Radioskala der Kurz welle erwischte. Oma Scholz auf dem kleinen Sofa hatte ihre Strickarbeit fahren lassen. Eine Hand an der Kehle, war sie kreidebleich.

„Das muss ein Stein gewesen sein."

Auf dem Teppich und zwischen den Alpenveilchen auf der Fensterbank lagen Splitter. Durch das zerbrochene Fenster drang ein Schwall eisiger Luft in die kleine Stube. Die Temperaturen draußen lagen weit unter dem Gefrierpunkt.

„Das war kein Stein." Opa Scholz berappelte sich ein wenig. „Das war eine Bombe. Ein Blindgänger muss das gewesen sein. Sowas gibt es ja."

Er wischte sich die Stirn. Oma Scholz griff verunsichert nach den Stricksachen, die auf den Boden gerutscht waren. „Was machen wir denn jetzt? Wir bekommen doch um diese Uhrzeit keinen Glaser mehr", sagte sie.

Von draußen hörte man Stimmen. Es wurden immer mehr. Offenbar waren sie nicht die einzigen, bei denen Fenster zu Bruch gegangen waren.

Oma Scholz wollte ihren Mann am Arm zurückhalten, der sich am zerborstenen Fenster zu schaffen machte. Ein Splitterregen prasselte auf den Teppich.

„Was ist denn los?“, rief er nach draußen.

„Der Hafen ist explodiert!“, bölkte der Nachbar von Gegenüber, der sonst nie mit jemandem sprach.

„Meine Güte!“ Oma Scholz bebte am ganzen Körper.

„Ein Tanker“, sagte Opa Scholz und tätschelte ihr beruhigend die Hand. „Das wird ein Tanker gewesen sein. Er ist gegen die Kaimauer gefahren und dann …“

„Das ist bei Kaffee Hag. Kaffee Hag ist in die Luft geflogen!“, rief jemand auf der Straße und fuchtelte mit den Armen. In der Ferne hörte man die erste Sirene.

„Das muss ich sehen!“ Opa Scholz schloss das Fenster, wodurch erneut ein Regen feiner Glasteilchen ins Zimmer wehte.

„Zieh dir die Jacke an!“, rief seine Frau ihm hinterher. Doch er war schon in Pantoffeln zur Tür hinausgelaufen.

Inzwischen war die ganze Welt auf den Beinen. „Es brennt! Der ganze Hafen brennt!“, tönte es durcheinander.

Und wirklich, dort hinten schien der eisige Nachthimmel zu glühen. Eine orangerote Wolke hing über dem Hafen, und sie schien immer größer zu werden.

„Deine Jacke!“ Oma Scholz, angetan mit Wintermantel und Stiefeln, auf dem Kopf die alte braune Fellmütze, tappte vorsichtig durch den Schnee, denn die Straße war tatsächlich tief verschneit. Sie war nicht mehr gut zu Fuß, und bei Glätte verließ sie das Haus meist gar nicht. Sie streckte ihrem Mann, der mit offenem Mund in den Himmel starrte, die Jacke hin. Wie mechanisch zog er sie über. Das Heulen der Sirenen nahm gar kein Ende mehr. Blaue Blitze mischten sich mit dem Feuerschein.

„Ist das Schnee?“ Opa Scholz schaute verblüfft in den Himmel, nicht in die flammende Röte dort hinten, sondern auf das dünne, weiße Gestöber, das nun in sachten Schwaden herangeweht kam und sich auf seine Ärmel und die Pantoffeln legte. Die Luft wurde immer weißer, ein ganz dünner Nebel, wie ein feines Pulver, das die Haut imprägnierte. Unwillkürlich leckte er sich über die Lippen.

„Das ist kein Schnee …“ Er leckte noch einmal.

„Das ist Mehl!“, rief da der Nachbar von Gegenüber. „Die Rolandmühle ist explodiert!“

„Ja, das ist die Rolandmühle! Die Rolandmühle brennt!“, riefen alle durcheinander.

„Na dann, Prost Mahlzeit“, murmelte Herr Scholz. „Wir sollten zurück in die Häuser gehen. Das kann vielleicht noch öfter knallen. Verpuffung nennt man das. Wer weiß, was uns da noch um die Ohren fliegt.“

Er drehte sich um zu seiner Frau, die ihn mit aufgerissenen Augen anstarrte.

„Das ist die Rolandmühle, Marie“, sagte er. „Lass uns reingehen, du holst dir den Tod.“

Da stürzte sie auf ihn los, riss an seiner Jacke, krallte ihm die Finger ins Gesicht.

„Der Junge!“, schrie sie immer wieder. „Der Junge arbeitet doch heute!“

Das Küchenfenster war heile geblieben. Oma und Opa Scholz saßen zusammen auf der alten Eckbank. Es roch angebrannt. Die Kaffeemaschine war seit Stunden eingeschaltet, in der gläsernen Kanne wurde die Brühe immer dicker.

Opa Scholz hielt ratlos den Telefonhörer in der Hand, ehe er ihn zurück auf die Gabel legte. „Anneliese sagt, ich soll nicht mehr anrufen. Könnte ja sein, dass in dem Moment der Junge anrufen will, um sich zu melden. Oder die Polizei, um zu sagen, dass er …"

Er sprach nicht weiter. Sie saßen schweigend da und warteten. Die Uhr an der Wand tickte überlaut. Manchmal tranken sie einen Schluck von dem bitteren Kaffee. Die Hansawelle sendete ständig neue Meldungen von der Katastrophe. Die Nachrichten um drei Uhr machten dann zur Gewissheit, was alle schon wussten und was auch gar nicht anders sein konnte: Es gab Tote. Die Feuerwehr hatte vor wenigen Minuten eine erste Leiche geborgen.

„Oh mein Gott!" Oma Scholz schlug sich die Hände vors Gesicht, ihre mageren Schultern hoben sich. „Wenn das bloß nicht der Junge ist!"

„Wird sicher dauern, bis wir das erfahren. Wer weiß, ob man den Mann noch erkennen kann." Opa Scholz bereute sofort, was er gesagt hatte. Seine Frau schluchzte auf.

Er räusperte sich und stand auf. „Ich gehe mal und mache in der Stube was vors Fenster. Muss ja nicht sein, dass es die ganze Nacht da reinschneit."

„Bring mir das Strickzeug mit, wenn du wiederkommst."

Im Keller suchte Opa Scholz nach einem Stück Sperrholz, das er etwas zurechtsägte. In der Stube hatte sich klirrender Frost breitgemacht. Sein Atem bildete eine dicke Wolke. Draußen schneite es immer noch, Schneeflocken und Mehl, und noch immer tönten Sirenen. Vom Hafen her war der Himmel so rot, als stünde der Sonnenaufgang bevor.

„Sonnenaufgang", murmelte er. „Die geht nicht mehr auf."

Er brach ein paar verkantete Scherben aus dem Fensterrahmen, die er bedächtig auf den Couchtisch legte, und nagelte das Brett an den Rahmen. Dann fischte er nach dem Strickzeug.

Um vier Uhr saßen sie wieder zusammen auf der Küchenbank, eine Decke über die Knie gelegt, und lauschten den Nachrichten. Etliche Mühlengebäude und angrenzende

Bauten waren bei der Explosion in Trümmer gefallen. Eine Feuersbrunst verwandelte den Rest in Schutt und Asche. Auch die Ruine des Mühlenturms brannte. Die Feuerwehr arbeitete mit einem Großaufgebot, aber wegen der eisigen Kälte gefror das Löschwasser sofort.

Opa Scholz schaltete endlich die Kaffeemaschine aus, die Brühe in der Kanne war längst ungenießbar geworden.

„Ich lege mich ein bisschen hin", sagte er müde. „Kommst du nicht mit?"

Oma Scholz schüttelte den Kopf. „Ich stricke noch ein Weilchen."

Zwischen ihren alten Händen bewegten sich die Nadeln emsig hin und her, arbeiteten an etwas Flauschigem aus blauer Wolle.

„Was wird das denn?", fragte Opa Scholz.

„Ein Schal wird das. Für den Jungen. Er hat doch bald Geburtstag." Ihre Wangen glühten.

„Soll ich dir noch einen Pfefferminztee machen?"

Sie schüttelte den Kopf. „Ich will einfach nur noch etwas stricken. Ich kann doch jetzt nicht aufhören."

Opa Scholz nickte stumm und ging ins Bett.

Als es hell wurde, war Oma Scholz auf der Küchenbank eingenickt. Sie hatte sich die Wolldecke um die Schultern gezogen, ihre Wangen waren gerötet im Schlaf. Opa Scholz stellte leise neuen Kaffee auf und machte den Abwasch, wobei er sich bemühte, nicht zu klappern. Er stellte Brot und Butter auf den Tisch. Dann rutsche ihm das Glas mit der Erdbeermarmelade aus der Hand und zerschellte am Boden. Oma Scholz riss die Augen auf und starrte auf den Küchenboden. Der rote Marmeladenfleck sah aus wie Blut.

„Tut mir leid." Opa Scholz nahm den Wischlappen aus der Spüle.

Dann saßen sie wieder auf der Bank und warteten auf

die Nachrichten. Die Bundeswehr räumte mit Schaufelladern Trümmer beiseite. Zwei weitere Leichen waren inzwischen geborgen worden, aber unter den rauchenden Schuttbergen wurden noch etliche Menschen vermutet. Da zum Zeitpunkt der Explosion der Schichtwechsel unmittelbar bevorgestanden hatte, war unklar, wie viele Personen sich tatsächlich auf dem Gelände befunden hatten.

Dann klingelte das Telefon. Opa Scholz wurde blass. Seine Hände zitterten, als er den Hörer abnahm. Er lauschte, nickte ein paar Mal, legte wieder auf.

„Das war Anneliese“, sagte er. „Die beiden Toten heute morgen, das waren andere, sagt sie. Der Junge war nicht dabei.“

„Gott sei Dank!“, stieß Oma Scholz hervor. „Dann gibt es ja Hoffnung.“

„Jürgen ist nach Hause gekommen. Als er die Nachrichten im Fernsehen gesehen hat, ist er gleich losgefahren. Hat sich in Berlin in den nächsten Zug gesetzt und ist losgefahren.“

„Das ist gut“, sagte Oma Scholz. „Es ist ja sein Bruder. Da musste er doch fahren.“

„Er kommt bei uns vorbei. Er will sehen, ob er aufs Gelände kommt. Er hat geweint, sagt Anneliese. Er will seinen Bruder jetzt selber suchen.“

Oma Scholz nickte und schob ihre Kaffeetasse beiseite. „Die beiden haben doch immer gut zusammengehalten. So tut eben jeder, was er kann.“

Sie nahm wieder ihr Strickzeug zur Hand. Das blaue Knäuel war fast aufgebraucht.

„Wenn du nach oben gehst, guckst du dann in den Wäscheschrank? In der mittleren Tür muss noch eine Tüte mit Wolle stehen.“ Auf dem Weg öffnete Opa Scholz die Haustür und warf einen Blick nach draußen. Es roch verbrannt. Überall schwebten Russpartikel. Über dem Hafen lag eine dichte

Rauchwolke, die sich in der kältestarren Luft kaum bewegte. Es war ein eisiger Tag. Die Schulkinder waren dick vermummt mit Schals vor den Gesichtern und tief gezogenen Mützen.

„Blaue Wolle ist nicht mehr da“, sagte er, als er eine Plastiktüte von Hertie auf den Tisch legte. „Nur noch grüne und gelbe, und ein Rest rote, die du für die Handschuhe genommen hast.“ Die Finger seiner Frau bewegten sich emsig. „Das macht nichts. Der Junge mag doch bunte Farben. Dann kann man den Schal wenigstens nicht verwechseln.“

„Ich mache dann mal einen Rundgang. Zum Hafen runter, vielleicht erfahre ich was.“

Seine Frau schaute nicht auf. Sie strickte und summte die getragenen Melodien mit, die auf der Hansawelle gespielt wurden. Als Opa Scholz gegen Mittag wieder nach Hause kam, schien die Zeit stehen geblieben zu sein. Die Kaffeetassen standen noch auf dem Tisch, der Abwasch war nicht gemacht. Oma Scholz strickte. Das gelbe Knäuel war schon ganz klein.

„Nichts zu machen“, sagte er. „Sie lassen niemanden aufs Gelände. Das war ja klar.“

„Jürgen werden sie sicher aufs Gelände lassen“, sagte seine Frau. „Er ist doch der Bruder. Da werden sie doch Verständnis haben, wenn er helfen will.“

„Ja, vielleicht.“

„Und du hast nichts gesehen?“

Er zögerte. „Sie haben zwei weitere Särge weggefahren. Ein Leichenwagen steht die ganze Zeit da, falls sie noch jemanden bergen.“

„Kein Krankenwagen?“

„Doch, Krankenwagen stehen da auch. Die roten Notfallwagen von der Feuerwehr. Falls sie noch Überlebende finden.“

Er brachte es nicht übers Herz, seiner Frau zu sagen, dass die Chance auf Überlebende gleich null war. Wer die Verwüstung gesehen hatte, der wusste das. Kaum ein Stein war auf dem anderen geblieben. Die Dächer der Silos waren durch die Druckwelle hochgerissen worden. Die Explosion hatte zentnerschwere Steinbrocken durch die Luft geschleudert, Wände zum Einsturz und ganze Gebäude zum Bersten gebracht.

„Stell dir vor, überall in der Gegend sind Fensterscheiben kaputt. Es müssen Tausende sein. Ich glaube kaum, dass wir so schnell einen Glaser bekommen."

Oma Scholz nickte nur und knüpfte den Anfang des grünen Knäuels an das Ende des gelben. Ihr Mann machte den Abwasch und drehte das Radio etwas lauter, denn er hörte nicht mehr so gut. Dann schälte er Kartoffeln, während seine Frau die Augen nicht von ihrer Strickarbeit hob, und telefonierte mit seinem Schwiegersohn, der aber auch nichts Neues wusste.

„Anneliese liegt auf dem Sofa. Sie ist gerade eingeschlafen. Der Doktor hat ihr was zur Beruhigung gegeben."

Dann machte er Kartoffelbrei mit Rührei, aber sie aßen nicht viel.

„Macht nichts. Man kann es nachher ja noch mal aufwärmen", sagte er.

Am frühen Nachmittag klingelte es an der Tür. Oma Scholz fuhr in die Höhe.

„Es ist Jürgen", sagte Opa Scholz, der geöffnet hatte.

In der Küchentür erschien ein großer junger Mann mit breiten Schultern und einer Wollmütze auf dem Kopf. Seine Hände zitterten, sein Blick war überanstrengt, die Augen gerötet.

„Oma", sagte er und ließ sich auf einen Stuhl fallen. „Sie haben mich nicht reingelassen."

Oma Scholz erhob sich rasch, zündete die Gasflamme an und begann, in dem Kartoffelbrei zu rühren. „Du musst was essen, Junge. Du bist ja ganz durchgefroren."

„Einen Schnaps zum Aufwärmen?"

Jürgen nickte. Es war das erste Mal, dass er nicht abschlug, wenn sein Großvater ihm einen Schnaps anbot. Er trank sonst keinen Alkohol. Er studierte Betriebswirtschaft in Berlin und ernährte sich vegetarisch.

„Nachher gehe ich wieder hin, wenn es dunkel ist. Vielleicht komme ich dann aufs Gelände. Hast du eine Taschenlampe, Opa?"

„Hole ich dir, Junge. Und Ersatzbatterien auch."

„Und kann ich bei euch schlafen? Ich will in der Nähe sein. Wenn sie ihn dann finden, bin ich sofort zur Stelle."

„Natürlich", sagte Oma Scholz. „Du kannst in meinem Bett schlafen. Ich bleibe hier auf der Küchenbank sitzen."

„Kommt nicht in Frage, Oma!", widersprach der junge Mann. „Du gehst in dein Bett, und ich schlafe in der Stube auf der Couch. Macht nichts, wenn es da kalt ist. Ich nehme einfach ein paar Wolldecken."

Zum Abend schleppte Opa Scholz den Fernseher aus dem Wohnzimmer in die Küche und richtete die Antenne aus. In der Tagesschau sahen sie Bilder von der zerstörten Mühle. Weitere Leichen waren geborgen worden. Überall lagen Trümmer. Es sah aus, als hätte eine Bombe eingeschlagen. Nach der Tagesschau machte sich Jürgen mit Opas Ohrenmütze auf dem Kopf und der Taschenlampe wieder auf den Weg, um nach seinem Bruder zu suchen.

„Sie werden ihn nicht reinlassen", sagte Opa Scholz.

„Aber er muss es versuchen, das kann man doch verstehen", sagte seine Frau. „Er hat doch früher in den Ferien selber da gearbeitet. Er hat seinem Bruder die Arbeit besorgt. Das ist für ihn, als habe er ihn auf dem Gewissen."

Opa Scholz nickte bedächtig. „Ich befürchte aber, es gibt keine Hoffnung mehr. Selbst wenn der Junge überlebt hat, dann würde er seit vierundzwanzig Stunden unter den

Trümmern liegen, wahrscheinlich schwer verletzt. Bei dieser Kälte. Das hält doch keiner aus."

„Gibst du mir die rote Wolle?"

Oma Scholz knüpfte den roten Faden an den grünen. Ihre Finger waren wund. Ihr Rücken tat zum Durchbrechen weh vom langen Verharren in der gleichen Position. Aber sie strickte weiter, als ob es um ihr Leben ginge. Irgendwann nach Mitternacht legte sie sich auf Drängen ihres Mannes ins Bett, aber ohne die Kleider auszuziehen, damit sie im Notfall sofort wieder aufstehen könne. Sie verfiel ein paar Stunden in einen leichten Schlaf, bis sie hörte, wie sich im Schloss der Haustür der Schlüssel drehte. Leise stand sie wieder auf und ging die Treppe hinunter.

„Ich bin es, Oma", sagte Jürgen, dessen Hände und Nase blau waren vor Kälte.

In der Küche schlug er sich die Hände vors Gesicht. Zwischen seinen klammen Fingern liefen Tränen. „Man kann gar nichts machen. Alles ist kaputt. Man findet nicht mal mehr die Eingänge der Gebäude. Ich bin bis zur Mühle gekommen. Zwischen den Steinen ist immer noch Glut. Meine Schuhsohlen sind angekohlt. Dann haben sie mich erwischt und wieder hinter die Absperrung gebracht. Sie waren freundlich, aber sie haben mich nicht weitersuchen lassen. Sie haben mich nach Hause geschickt."

„Leg dich auf die Couch und versuche zu schlafen", sagte Oma Scholz. „Ich werde hier noch etwas sitzen und stricken. Für den Fall, dass das Telefon klingelt."

Am nächsten Morgen bat Oma Scholz ihren Mann, als der den Kaffee kochte, ihr die gehäkelten Handschuhe aus der Garderobenschublade zu bringen.

„Du willst doch nicht rausgehen?", fragte Opa Scholz alarmiert.

„Nein. Aber ich habe keine Wolle mehr. Ich werde meine

Handschuhe aufribbeln, dann kann ich weiterstricken.“

„Deine Handschuhe?“

„Die ziehe ich doch nicht mehr an. Und solange ich den Faden nicht abreißen lasse …“

Sie sprach nicht weiter. Er brachte ihr die Handschuhe. Sie setzte sich die Brille auf die Nase und suchte nach dem gut vernähten Ende des Fadens. Dann begann sie, den ersten Handschuh aufzutrennen und die ziemlich abgenutzte, braune Wolle an den Schal zu stricken.

Nach dem Frühstück ging Opa Scholz zusammen mit seinem Enkel wieder in Richtung Rolandmühle. Dort standen sie mehrere Stunden vor der Absperrung, starrten auf die schwelenden Trümmer, auf die bizarren Eisformen, die das gefrorene Löschwasser gebildet hatte, und stampften mit den Füßen, denn die Kälte aus dem Boden durchdrang die Sohlen rasch.

„Das verzeihe ich mir nie“, sagte Jürgen. „Ich habe ihm den Job besorgt. Ich habe ihm gesagt, dass er hier gut verdienen kann.“

Opa Scholz sagte nichts, denn es war unsinnig, solche Gedanken mit Argumenten zum Verschwinden bringen zu wollen. Dann stieg Jürgen in den Bus, um zu seinen Eltern in die Neustadt zu fahren.

„Ich ziehe mich nur um, dann komme ich wieder“, sagte er.

Als Opa Scholz nach Hause kam, war seine Frau mit orangefarbener Wolle beschäftigt. Sie war dabei, die Topflappen aufzutrennen.

„Wird der Schal nicht ziemlich lang?“, fragte er vorsichtig.

„Das macht doch nichts!“ Ihre Stimme klang entschieden. „Dann kann er ihn sich mehrmals um den Hals wickeln. Es ist doch so ein kalter Winter.“

Am Abend, als die Wolle der Topflappen aufgebraucht

war, erhob sie sich und ging die Treppe hinauf ins Schlafzimmer. Opa Scholz war froh, denn er dachte, dass sie zu Bett gehen würde. Aber als er ihr folgte, lag sie auf den Knien vor der Kommode und wühlte in der untersten Schublade nach dem gehäkelten Beutel, den Anneliese während ihrer Schulzeit angefertigt und ihr zum Muttertag geschenkt hatte. Dann öffnete sie den Kleiderschrank und nahm ein in Seidenpapier geschlagenes Päckchen heraus. Darin befand sich die Stola, die sie vor fünf Jahren zu ihrer Goldenen Hochzeit getragen hatte, schwarze Wolle mit einem eingesponnenen Goldfaden.

Opa Scholz sagte nichts. Er ließ sie gewähren, denn jeder brauchte schließlich einen Faden, an den er sich hielt.

Jürgen klingelte nun jeden Morgen um acht an ihrer Tür, und dann gingen Großvater und Enkel zur Stelle des Unglücks. Sie schauten den Aufräumarbeiten zu, sprachen manchmal mit den Feuerwehrleuten, mit Schaulustigen. Einmal sprachen sie mit einer Frau, die ihren Mann verloren hatte. Sie legte einen kleinen Blumenstrauß vor die Absperrung und zündete eine Kerze an, eines dieser kleinen Wachslichter in einer roten Plastikhülle, wie man sie auf Friedhöfen verwendete.

Zu Hause strickte Oma Scholz mit beängstigender Besessenheit an dem Schal. Ihre Hände waren dick geschwollen, manchmal konnte sie die Nadeln nicht mehr halten. Nach fünf Tagen fand sich kein Quäntchen Wolle mehr im Haus, kein alter Schal und kein Deckchen, die man noch hätte auftrennen können. Opa Scholz weigerte sich, zu Woolworth zu gehen und neue Wolle zu kaufen. Sie beschimpfte ihn wütend.

Da nahm Jürgen ihre Hände: „Opa hat Recht. Es nützt nichts mehr, Oma. Schau doch deine armen Hände an. Es ist besser, wenn du aufhörst."

Da sagte sie nichts mehr. Sie weinte nur sehr lange.

In den nächsten Wochen flackerte der Brand immer wieder auf. Die Glutnester waren hartnäckig. Erst am 12. März wurden die Löscharbeiten endgültig eingestellt. Vierzehn Menschen hatten ihr Leben verloren. Nur dreizehn wurden gefunden. Der Enkel von Oma und Opa Scholz blieb verschwunden, und Oma Scholz weigerte sich lange Zeit hartnäckig, anzuerkennen, dass auch er tot sei. Das Fenster in der Stube war längst repariert. Der Schal lag in der rechten Ecke des Sofas, und wenn sie ihren Mittagsschlaf hielt, bettete sie ihren Kopf darauf, eine Tasse Pfefferminztee neben sich auf dem Beistelltisch, unter der karierten Decke, die ihr Mann ihr besorgt hinter den Rücken stopfte.

Erst als die erste Rosenknospe vorm Haus sich zu öffnen begann, strich sie den langen Schal mit den Händen glatt, faltete ihn sorgfältig zusammen und legte ihn mit einem Stück Duftseife in eine große Schachtel, die sie neben die Handtücher und die Stapel ordentlich gebügelter Taschentücher im obersten Regal des Wäscheschranks deponierte.

Ruhelos

Waller Friedhof, 1980

Ich gebe zu, es war eine Lüge. Aber ich bereue sie nicht. Ich würde sogar behaupten, dass diese Lüge eines der wenigen wirklich guten Dinge ist, die ich in meinem mittelmäßigen Leben zustande gebracht habe.

Es war im Frühjahr 1980. In diesem Jahr stieg Werder in die zweite Bundesliga ab, darum erinnere ich mich so gut. Ich war fünfunddreißig Jahre alt und verstand mich auf keine großartigen Dinge. Vielleicht hatte ich mich auch nie wirklich bemüht. Ich will da gar nichts beschönigen. Nichts trieb mich an. Ich hatte nicht einmal Träume.

Nach einem halbherzigen Realschulabschluss hatte ich eine kaufmännische Lehre abgebrochen. Die Büroarbeit lag mir nicht. Eine zweite Lehre als Fernmeldeinstallateur warf ich ebenfalls hin. Aber Arbeit gab es damals an jeder Ecke, und ich arbeitete mal hier, mal da, ohne etwas zu vermissen. Ich hatte eine kleine Wohnung am Steffensweg, einen Fernseher und eine Stereoanlage, und wenn es zum Monatsende knapp mit dem Geld wurde, konnte ich in der Kneipe an der Ecke anschreiben lassen. Mein Leben war wie verschüttetes Spülwasser, das sich den Weg zu einem Fleckchen Erdreich sucht, um darin zu versickern.

Im Herbst hatte ich mir bei einem Unfall mit dem Moped ein paar Rippen und links den Arm und das Schlüsselbein gebrochen. Es war gut verheilt, aber als Möbelpacker und

Rangierer war ich nicht mehr zu gebrauchen. Keine schwere körperliche Arbeit, hatte der Amtsarzt gesagt. Und so schickte mich das Arbeitsamt zum Waller Friedhof, wo ein Gärtnergehilfe fehlte. Wege harken, Abfallbehälter leeren, vergammelte Kränze und Gestecke einsammeln. Es war mir recht. Der Weg zur Arbeit war nicht weit. Ich fuhr nun mit dem Fahrrad. Auf dem Friedhof schob ich einen kleinen Wagen, auf dem sich Gartengeräte, Müllsäcke und ein bisschen Handwerkszeug befanden, falls irgendwo ein Wasserhahn leckte oder ein Ast abzukneifen war. Es war eine gute Arbeit, und wenn die Sonne schien und um mich herum die Vögel sangen, fühlte ich fast so etwas wie Zufriedenheit. Vielleicht war es gar nicht schlecht, dass es so gekommen war. Vielleicht war dies ein Platz, um alt zu werden.

Um Beerdigungen machte ich einen Bogen. Aus der Ferne beobachtete ich, wie die schwarzen Schlangen den Särgen folgten und sich um offene Gräber gruppierten. Wenn der letzte Trauergast verschwand, ging ich neugierig näher, betrachtete den Blumenschmuck und las die Aufschriften der seidenen Schleifen. Für immer unvergessen. Für unseren lieben Opa, Vater, für unsere Mutter, Schwester, Tante, in Liebe, in treuer Erinnerung, du bleibst in unseren Herzen …

Die Erkenntnis, dass auf meinem Grab dermaleinst keine Blumen und Schleifen liegen würden, beunruhigte mich zunächst ein wenig, und am Abend versuchte ich, das hohle Gefühl mit ein paar Bier zu füllen. Als ich um Mitternacht müde ins Bett fiel, dachte ich mit schönem Fatalismus, dass es mir, wenn ich erst tot sei, ohnehin völlig gleichgültig wäre, ob jemand um mich trauerte.

Es war wie gesagt ein Frühjahrstag, an dem die Geschichte begann. Es war kühl und windig, der Himmel von undurchlässigen Schleiern verhangen. Mit Herbert arbeitete ich im

Gräberfeld BB, in der Nähe eines der Teiche. Herbert schleppte durchnässte Gestecke zur Tonne, während ich zwischen den Gräbern harkte. Auf der anderen Seite des Teichs lag das von der Zeit geschwärzte Mausoleum der Familie Knoop mit seinen bedrohlich spitzen Türmchen und dem steinernen Jesus, der seine Hände ausstreckte, als wolle er eine verlorene Seele in kalter Umarmung empfangen. Das hatte etwas Düsteres an sich, etwas Unheimliches, das ich nicht näher benennen kann, so wie ein kalter Hauch, den man fühlt, wenn man im Sommer von der sonnigen Straße in eine dunkle Einfahrt tritt.

Ich versuchte den Gedanken wegzudenken und harkte so, dass ich dem Teich den Rücken zukehrte. Herbert wühlte in einem Haufen matschiger Blumen. Er redete nicht viel. Ich auch nicht. Der Arbeitsplatz färbte ja bekanntlich auf einen ab. Beim Harken konnte ich meinen Gedanken nachhängen, die nicht weiter gingen als bis zum Feierabend, zu einem gemütlichen Bier an der Ecke und der schwerwiegenden Frage, ob ich die kleine Summe auf meinem Sparbuch als Anzahlung für ein neues Moped verwenden sollte. Im Grunde war alles in Ordnung, so wie es war.

Dann begann es, stärker zu nieseln, und ich schlug mir den Kragen der Arbeitsjacke hoch. Es war noch früh und außer Herbert und mir war keine Menschenseele unterwegs. Da sah ich plötzlich in einiger Entfernung eine Gestalt zwischen den Gräbern stehen. Zuerst meinte ich, es wäre ein junges Mädchen, so klein und zart und fast durchsichtig erschien sie zu sein. Dann machte die Gestalt ein paar Schritte, und am müden Gang und dem gebeugten Rücken erkannte ich, dass es eine alte Frau war. Sie ging nicht auf dem Weg, sondern im nassen Gras, blieb ab und zu stehen, als würde sie den rechten Platz nicht finden.

„Was macht die denn hier, bei diesem Mistwetter?“, sagte ich.

Herbert, der nun dabei war, eine abgesackte Grabumrandung zu richten, schaute kurz auf und senkte den Kopf dann wieder, wobei er etwas Unverständliches in seinen Bart brummte. Ich harkte weiter, denn wenn Herbert nicht reden wollte, tat er es auch nicht. Als ich nach einer Weile noch einmal schaute, war die Gestalt verschwunden.

Gut, dachte ich und harkte vor mich hin. Es mochte eine halbe Stunde vergangen sein, da sah ich die Alte bei den Gräbern am Ufer, wie sie auf dem glitschigen Boden vorsichtig einen Fuß vor den anderen setzte. Und während ich so schaute, rutschte sie aus, hielt sich noch mit einer Hand an einem Strauch und landete auf den Knien.

„Jetzt ist sie hingefallen!" Ich wollte schon loslaufen.

„Die steht auch wieder auf", murmelte Herbert, der nur kurz aufgeschaut hatte. „Bis jetzt ist die immer wieder aufgestanden."

Und wirklich, noch ehe ich zwei Schritte getan hatte, rappelte die zerbrechliche Gestalt sich wieder hoch, eine Hand auf einen Grabstein gestützt, und wischte sich mit der anderen den Dreck von den Knien. Dann ging sie weiter ihren Weg kreuz und quer zwischen den Gräbern.

„Arbeite weiter", sagte Herbert. „Die braucht keine Hilfe."

Ich harkte und sammelte zwischendurch die kleinen Abfallhaufen auf, die Herbert neben die Grabumrandungen platzierte. Manchmal schaute ich unauffällig dorthin, wo die graue Silhouette sich bewegte, immer darauf gefasst, sie wieder stürzen zu sehen, und halb entschlossen, hinzugehen und zu fragen, ob alles in Ordnung sei. Aber dann ließ ich es doch bleiben. Was ging mich das schließlich an?

Nach der Mittagspause gingen Herbert und ich zum Gräberfeld W, wo drei Grabstellen einzuebnen waren. Das machte man nach sechs Wochen. Dann wurden die Trauerkränze entsorgt und der Erdhügel auf dem Grab auseinandergeharkt.

„Scheißregen", bemerkte ich, denn es nieselte ohne Unterlass, der Boden war aufgeweicht.

„Jo. Aber wat mutt, dat mutt!", sagte Herbert und stapfte mit seinen Gummistiefeln ungerührt durch die Pfützen.

Nun räumte ich die Kränze weg und Herbert harkte schweigend. Zwischendurch machte ich den Rücken gerade und wühlte in den Hosentaschen, um mir eine Zigarette anzuzünden. Da sah ich aus den Augenwinkeln, dass bei den Gräbern auf der anderen Seite des Weges jemand hin und her ging. Es war die gleiche zerbrechliche Gestalt.

„Da ist die Alte ja immer noch", sagte ich und machte mit dem Kinn eine Bewegung in die Richtung.

„Wen interessiert das?", maulte Herbert und hieb mit der Harke auf einen Erdklumpen ein.

„Interessiert mich ja gar nicht", sagte ich. „Aber die kann doch nicht den ganzen Tag hier rumlaufen."

„Kümmere dich nicht drum. Feg lieber diesen Mist auf!" Er deutete auf ein Häufchen aus fauligen Blättern und Blüten, zwischen denen der Fetzen einer roten Seidenschleife lag.

Und als ich zögerte und stattdessen noch mal zu der Gestalt hinschaute, fügte er an: „Die ist nicht ganz frisch in der Birne. Nicht alle Tassen im Schrank, verstehst du?"

Mit dem Zeigefinger machte er eine kreisende Bewegung an seiner Schläfe. „Die läuft hier schon rum, seit ich hier bin. Und das sind immerhin bald zwölf Jahre. Und jetzt fass mit an, sonst werden wir heute gar nicht mehr fertig!"

Ich sagte nichts mehr. Aber in den nächsten Tagen schaute ich mich immer wieder um. Und tatsächlich, es verging kein Tag, an dem ich sie nicht irgendwo sah, immer mit dem gleichen grauen Mantel und der braunen Wollmütze auf dem Kopf. Manchmal schien sie vor Müdigkeit zu schwanken. Wenn es in Strömen goss und ich mich irgendwo unterstellte, zog sie sich eine Plastikhaube über die Mütze und wanderte weiter zwischen den Gräbern umher, klein, gebeugt, fast unsichtbar. Es war so ähnlich wie mit einem Fleck, der seit vielen Jahren an der Tapete sitzt und den man dennoch nie bemerkt hat. Hat man ihn dann aber bemerkt, wandert der Blick automatisch immer wieder dorthin, und es ist nicht mehr möglich, die Tapete anzuschauen, ohne dass einem der Fleck ins Auge sticht.

Ich weiß gar nicht genau, was ich empfand. Im Grunde war ich ärgerlich, dass ich nun immer auf diese Alte achtete, statt an das neue Moped zu denken, das ich inzwischen angezahlt hatte, oder an das nächste Heimspiel von Werder gegen die Hertha, und ob Werder eine Chance hatte oder ob der bekloppte Burdenski wieder so oft hinter sich greifen würde wie beim letzten Spiel, und ob die Bekloppten Reinders und Behrens und die anderen wieder keinen Sturm zustande kriegten und die Grünweißen als Schießbude der Liga absteigen würden. Aber jedes Mal, wenn ich mir ausmalte, wie ich selbst den Ball ins gegnerische Tor hauen würde, kam mir wieder die Alte in den Sinn, und ich hatte Mitleid mit ihr, und das machte mich noch ärgerlicher. Es ging so nicht weiter. Ich musste etwas tun.

Inzwischen wusste ich, auf welche Bänke sie sich setzte, wenn sie müde war. Als ich das nächste Mal alleine mit dem Gerätewagen unterwegs war, hielt ich Ausschau, und als ich sie ganz hinten im Feld LL entdeckte, nahm ich mein Butterbrot und die Thermoskanne und setzte mich auf die Bank unter der Linde. Ich schlug die Bild-Zeitung auf, als würde ich lesen. Wenn sie sich setzen wollte, musste sie es hier tun. Die nächste Bank war ein ziemliches Stück entfernt. Ich schüttete mir einen Becher Kaffee ein und blätterte in der Zeitung. Als ich beim zweiten Becher Kaffee war, stand sie plötzlich vor mir, fast wie eine Erscheinung, die sich unhörbar angeschlichen hat.

„Darf ich mich hier mit hinsetzen?“ Ihre Stimme war wie das Zwitschern eines kleinen Vogels.

„Klar“, sagte ich und rückte ein Stückchen zur Seite, dem Anschein nach völlig in meine Lektüre vertieft.

Sie setzte sich ohne ein Geräusch, legte die alten Hände im Schoß zusammen und schaute geradeaus. Ich blätterte weiter zur Sportseite. Die Schlagzeile war superfett: Reinders verletzt. Werder verloren? Scheiße, dachte ich.

„Arbeiten Sie hier?“, fragte sie in diesem Moment.

„Ja“, sagte ich einsilbig.

„Das dachte ich mir schon.“ Sie deutete auf meinen Gerätekarren. „Dann kennen Sie sich wohl hier aus?“

„Das kann man so sagen“, antwortete ich.

Sie schwieg und schloss einen Moment die Augen.

„Und Sie? Was ist mit Ihnen los?“, fragte ich.

„Ich suche“, murmelte sie müde.

„Was suchen Sie denn?“

„Ein Grab“, sagte sie lapidar, und ich ärgerte mich, meine Zeit hier zu verschwenden.

Wahrscheinlich hatte sie wirklich einen Sprung in der Schüssel. Vielleicht hatte ich aber auch selbst einen Sprung in der Schüssel, weil ich so dumme Fragen stellte, denn was sollte man auf einem Friedhof schon anderes suchen als ein Grab?

„Vielleicht kann ich Ihnen helfen.“ Ich klappte die unerfreuliche Zeitung zusammen.

Sie faltete die Hände fest ineinander. „Oh nein, das glaube ich nicht …“

„Mehr als schiefgehen kann es ja nicht. Wessen Grab suchen Sie denn?“

Mit einer Hand zog sie ein Taschentuch aus ihrem Mantel. Ich fürchtete schon, sie würde zu weinen beginnen, aber sie hielt es nur krampfhaft zwischen die Finger geknüllt.

„Ich suche meinen kleinen Norbert."

„Ihren Enkel?", fragte ich, angesichts ihres Alters.

„Nein. Meinen Sohn. Meinen kleinen Sohn."

„Der muss dann aber schon ziemlich lange tot sein", bemerkte ich.

Ihr weißes Haar unter der Mütze wehte wie Spinnweben, als sie nickte. „1951. Da ist er gestorben. Und seitdem suche ich ihn. Das sind fast dreißig Jahre."

Ich versuchte mir einen Reim darauf zu machen, denn so schwer konnte es doch nicht sein, ein Grab zu finden.

„Wie alt war er denn, als er starb?", fragte ich.

„Keine zwei Jahre."

„Und Sie wissen nicht, wo er begraben liegt?"

Sie schüttelte den Kopf. „Er ist hier auf dem Friedhof. Und das ist alles, was ich weiß."

„Das klingt ja ein bisschen befremdlich", sagte ich. „Also wenn Sie meine Hilfe wollen, brauche ich schon ein paar Anhaltspunkte."

Sie legte den Kopf leicht schräg. „Ich weiß nicht, wie alt Sie sind, junger Mann. Aber ich denke nicht, dass Sie sich an die Jahre nach Kriegsende wirklich gut erinnern können."

„Nicht wirklich", gab ich zu.

„Mein Mann war aus dem Krieg nicht zurückgekommen. Ich lebte mit meiner Mutter und ihrer verwitweten Schwester in einer winzigen Wohnung in Gröpelingen. Die beiden konnten zum Lebensunterhalt nicht mehr viel beitragen. Ich sorgte also für uns alle. Ich arbeitete, wo immer es sich anbot. Das ganze Leben war Arbeit. Abends fiel ich todmüde ins Bett. Da war nichts mit Amüsieren. Nur ein einziges Mal leistete ich mir einen Ausrutscher ... Mein Mann war ja tot. Ich war seit sieben Jahren alleine. Und dann …"

Ein Lächeln umspielte die welken Lippen. „Sein Name war Werner. Sagte er zumindest. Ich weiß nicht, ob es sein richtiger Name war. Die Männer logen ja immer viel, weil sie keine Scherereien bekommen wollten. Ich habe ihn nie wieder gesehen."

Ich starrte auf meine Schuhe.

„Stellen Sie sich das vor, junger Mann", fuhr sie fort. „Ich war einundvierzig Jahre alt, und dann eine solche Dummheit! Als ich merkte, dass was Kleines unterwegs war, wäre ich am Liebsten im Boden versunken. Tante Marga wollte sogar bei uns ausziehen, als sie es spitzkriegte ... Aber als der Kleine dann da war, wurde alles anders. Ich hatte ihn ja eigentlich gar nicht haben wollen. Monatelang hatte ich ihn mir weggewünscht. Aber als er mir zum ersten Mal in dieArme gelegt wurde, wusste ich, dass er das Beste war, das ich in meinem Leben haben würde. Er war wie ein Geschenk. Plötzlich wusste ich, wofür ich arbeitete. Wenn ich am Morgen müde war, wusste ich, wofür ich aufstand. Alles bekam einen Sinn, und ich konnte auch die stumpfsinnigsten Arbeiten verrichten, ohne zu hadern, denn ich wusste, wofür ich das alles tat."

Sie machte eine Pause. Ich vermied es, sie anzusehen, und trank einen Schluck Kaffee aus dem Plastikbecher.

„1951 war ich bei der Spargelernte im Nienburger Land", fuhr sie fort. „Wir arbeiteten die ganze Woche von Sonnenaufgang bis Sonnenuntergang. Unterkunft und Essen gab es dazu. Nicht besonders komfortabel und nicht besonders üppig, aber darin hatten wir ja Übung. Montags in der Frühe ging es los. Ich fuhr dann immer schon am Sonntagabend mit dem Zug nach Nienburg. Und samstags wieder nach Hause. Es sollte ja nur für die Erntezeit sein, ein paar Wochen noch, und der Kleine war bei meiner Mutter in guten Händen. Und dann ..."

Sie seufzte. „Und dann kam ich eines Samstags nach Hause, und er war nicht mehr da. Am Dienstag sei er gestorben, sagte meine Mutter. Ganz plötzlich. Er habe seinen

Mittagsschlaf gehalten, und weil er so still war, habe sie irgendwann nachgeschaut. Da sei er schon tot gewesen. Ganz friedlich eingeschlafen. Sie hatte mich anrufen wollen, aber weil der Bauer, bei dem ich arbeitete, kein Telefon besaß, wusste sie nicht, wie sie es anstellen sollte. Sie wollte mit der Beerdigung warten, bis ich am Samstag nach Hause kam. Aber der Bestatter riet davon ab. Das Wetter sei warm, sein Kühlraum habe bedauerlicherweise einen Defekt. Tante Marga riet zu einem anonymen Begräbnis, weil das billiger wäre und wir doch nicht viel Geld hatten. Und Mutter stimmte zu. Man konnte das Kind bei einem Fremden mit in den Sarg legen lassen. Und so wurde es dann gemacht. Als ich nach Hause kam, war er ganz einfach nicht mehr da. Sein Bettchen war leer, seine Sachen waren verschwunden. Die hatte Tante Marga bei der Gemeinde abgegeben."

„Ja, davon habe ich gehört", sagte ich. „Dass man kleine Kinder bei anderen Leuten mit in den Sarg legte. Heute wird das kaum noch gemacht. Ist wohl auch besser so. Jeder will doch wissen, wo sein Kind begraben liegt."

Ich hatte den Eindruck, dass sie mir zu vertrauen begann.

„Damals waren die Zeiten anders", sagte sie. „Alles musste billig sein. Ich konnte nicht aufhören zu weinen. Ich dachte allen Ernstes, Mutter löge mich an. Dann zeigte sie mir den Totenschein. Plötzlicher Kindstod, stand darauf. Das passiere einfach so, habe der Doktor gesagt, und niemand sei Schuld daran … Ich habe alles versucht, um herauszufinden, in wessen Sarg mein kleiner Norbert beigelegt wurde. Aber das wurde damals nicht mal aufgeschrieben. In den Unterlagen stand einfach anonym beigelegt. Und seitdem suche ich nach ihm. Seitdem bin ich ruhelos."

Sie schloss wieder die Augen, und in dem kleinen Sonnenstrahl, der herausgekommen war, sah ihr Gesicht aus wie das einer Hundertjährigen, über Gebühr gealtert, mit hervortretenden

Knochen unter weißer, dünner Haut.

Ruhelos, dachte ich, und das Wort zog mir die Seele zusammen.

„Es sind nun bald dreißig Jahre." Ihre Stimme senkte sich zu einem Flüstern. „Die vorgeschriebene Ruhefrist läuft ab. Danach wird das Grab eingeebnet und der Platz wird wieder vergeben. Dann gibt es gar keine Hoffnung mehr, ihn zu finden."

Sie hat auf den Spargelfeldern gearbeitet, fuhr es mir durch den Kopf. Die Spargelernte beginnt in der zweiten Aprilhälfte, je nach Witterung etwas früher oder später. Der Junge mochte also im Mai gestorben sein, vielleicht auch Anfang Juni.

Ich schlug mir mit der Hand vor die Stirn, als wäre gerade ein Groschen gefallen. „Ich erinnere mich!", stieß ich hervor.

Sie schaute auf.

„Ich erinnere mich!", wiederholte ich. „Sagen Sie, als Ihr Sohn starb, war das womöglich im Mai?"

„Ja, das war am 25. Mai."

„Aber das gibt es doch gar nicht! Das muss ja Vorsehung sein, dass wir hier nebeneinander sitzen!"

Sie blickte mich durchdringend an. „Was wollen Sie damit sagen, junger Mann?"

Nun sprudelten die Worte schon ganz von selbst: „Ich war ein kleiner Junge, als ich zu meiner ersten Beerdigung ging. Mutter hielt mich an der Hand. Ihr Onkel war gestorben. Der Bruder ihres Vaters. Und ich höre noch das Gebet des Pfarrers, als wir am Grab standen. Er betete für die Seele des Onkels und auch für die Seele eines kleinen Kindes … Ich verstand das nicht, und später erklärte Mutter mir, da sei noch ein kleiner Junge mit im Sarg gewesen. Er sei so klein gewesen, dass man ihm kein eigenes Grab habe machen können. Und damit er nicht so alleine wäre, habe man gefragt, ob er mit in Onkels Sarg dürfe, und niemand hätte etwas dagegen gehabt ... Wie gesagt, ich war noch klein. Aber so hat meine Mutter es mir erzählt. Und sie hat niemals gelogen!"

Das Gesicht neben mir verzerrte sich. So plötzlich hielt ich das Schicksal eines Menschen in meinen Händen, die doch sonst nichts konnten als Wege harken und ein bisschen handwerken und anderes unnützes Zeug, dass es mich fast grauste.

„Stimmt das auch?", fragte sie mit zitternder Stimme.

„Aber natürlich stimmt das! Das kann doch kein Zufall sein." Bald begann ich selbst, daran zu glauben.

„Wann soll das gewesen sein?", fragte sie mit einem Rest von Skepsis.

„Ende Mai 1951", sagte ich bestimmt. „Das weiß ich deshalb noch so genau, weil Mutters Cousine, die auch mit zur Beerdigung war, mir beim Abschied etwas in die Hand drückte. Es war ein in Seidenpapier gewickeltes Fünfmarkstück. Weil du doch bald Geburtstag hast, sagte sie. Dann wirst du sieben Jahre alt, du großer Junge."

Ich schaute die Alte triumphierend an. „Also muss es Ende Mai gewesen sein. Denn Anfang Juni 1951 bin ich sieben Jahre alt geworden."

Zitternd suchte ihre Hand nach der meinen. Einen Moment lang war es mir unangenehm. Ich fühlte mich ertappt. Aber es ging auch kein Weg mehr zurück. Eilig stand ich auf.

„Ich weiß nicht mehr genau, wo das Grab lag. Es ist so lange her, und ich war noch klein. Aber ich laufe eben zur Verwaltung und suche nach dem Namen von Mutters Onkel. Dann haben wir das Grab!"

Ich lief tatsächlich. Im Büro versprach ich Margot, der Sekretärin, die ein Auge auf mich geworfen hatte, das Blaue vom Himmel, wenn sie mich rasch in den dicken Ordner Jahrgang 1951 schauen ließ, in dem alle Begräbnisse sowie die Namen und Lebensdaten der Personen schön chronologisch eingetragen waren. Ich blätterte zum Mai. Dann ging es ganz schnell. Ich fand das Grab eines alten Herrn, der am 28. Mai 1951 beerdigt wurde.

„August Havelmann", murmelte ich und eilte wieder nach draußen.

„Ich habe es gefunden. Wir müssen ein Stückchen laufen. Sind Sie bereit?", rief ich, während ich auf die Bank zulief.

Sie erhob sich so hastig, dass sie schwankte. Ich bot ihr meinen Arm, und gemeinsam gingen wir zum Gräberfeld CC, gar nicht weit vom Haupteingang entfernt. Vor einer mit Unkraut überwucherten Grabstelle blieben wir stehen. Der Grabstein war grau, die Inschrift fast bis zur Unkenntlichkeit verwittert.

„Hier liegt er", sagte ich ohne Zögern. „Können Sie den Namen lesen? August Havelmann. Onkel August. Das war Mutters Onkel."

Die Alte glich mehr denn je einem Gespenst. „Es sieht ein bisschen verkommen aus", sagte sie schließlich.

Und dann sagte sie gar nichts mehr, stellte keine Fragen mehr, wollte nichts mehr wissen. Sie beugte sich vor und begann mit der mageren Hand, das Unkraut auszuzupfen, und ich war nicht mehr vorhanden.

„Habe ich richtig gesehen? Du hast tatsächlich mit dieser Alten gequatscht?", fragte Herbert ungehobelt, als wir zu Feierabend die Arbeitsklamotten weghängten.

„Ja", sagte ich und nahm meine Tasche.

„Ich hab' dir doch gesagt, dass die nicht richtig im Kopf ist!"

Ich zuckte die Schultern. „Ich hatte einen anderen Eindruck. Sie ist nicht verrückt. Und ich habe nur etwas praktische Lebenshilfe geleistet."

Herbert schaute dumm. „Was hast du? Bist du jetzt ein

Seelenklempner geworden, oder was?“

„Manchmal ist nur ein bisschen guter Wille nötig“, sagte ich.

Das breite Gesicht, das entfernt an eine Bulldogge erinnerte, verzog sich zu einem gutmütigen Grinsen. „Du bist doch ein Spinner! Mich so zu verarschen. Aber dass mir das nicht einreißt, dass ich deine Arbeit mitmachen muss. Dann kriegst du Ärger!“

„Geht klar“, sagte ich und ging.

Wenn ich in den folgenden Wochen am Abend das Gelände durch den Haupteingang verließ, warf ich immer einen raschen Blick zur Grabstelle von August Havelmann. Das Unkraut war verschwunden, ein paar Stiefmütterchen gepflanzt. Ein kleines, buntes Windrad drehte sich. Ein paar Tage später gesellte sich eine weiße Gipsfigur dazu, die einen schlafenden Engel darstellte. In den Sockel war der Name Norbert eingraviert.

Dann war ich zehn Tage krank, eine Grippe, die sich gewaschen hatte. Als ich wiederkam, hörte ich, dass man sie an einem Morgen gefunden hatte, dort auf der Bank bei dem Grab. Ganz still habe sie dagesessen, das weiße Haar von Tau bedeckt und auf den Lippen ein Lächeln. Sie hatte ihre Ruhe gefunden.

Atemnot

Schließung der A.G. „Weser", 1983

Die Luft ist modrig. Begräbniswetter, ein bisschen trübe und irgendwie dumpf. Es ist sehr still, sein Atem geht leise. Es wäre sicher besser zu gehen.

Er schaut in die Ferne. Da liegt die *Ubena*. Ihr Rumpf glüht rot vor dem tristen Dock. Nun läuft ihm doch eine Träne über die Backe. Es ist niemand da, der es sieht. Die anderen haben sich längst verzogen. Er tritt an die Spundwand und schaut ins Wasser. Es ist ganz dunkel und schwer. Da treibt ein Stück Stoff in den trägen Wellen, es ist ein schwarzer Trauerflor. Ein Frösteln geht ihm nun durch den Rücken. Die Hände in den Taschen, sind seine Gedanken weit weg. Er neigt den Kopf und scheint zu lauschen, als habe er etwas gehört.

„Es soll wohl so sein", sagt er leise. Er redet mit sich selbst.

Dann streckt er den Rücken, erwacht wie aus einem Traum. Es kommt ihm unnatürlich still vor. Selbst die Möwen machen kein Geschrei. Zu seinen Füßen liegt Unrat, zerknülltes Papier und matschige Kippen. Ein paar Scherben sind auch dabei. Mit steifen Schritten beginnt er zu gehen, wie von unsichtbaren Fäden gezogen. So fühlt er sich auch. Er hat nichts mehr zu melden. Alles bricht über ihn herein.

Er geht zur alten Werkhalle rüber. Im Pausenraum sitzt Kurt, der Meister, der auch nicht mehr weiß, wohin. Er hockt alleine am Tisch in der Ecke, den Kopf in seine Hände gestützt. Vor ihm steht ein Becher mit Kaffee, der längst kalt geworden ist.

„Das war's also." Seine Stimme klingt müde.

„Ja, das war's", kommt die Antwort zurück.

Sie schweigen beide eine Weile.

„Da draußen am Kai liegt so viel Dreck", sagt er schließlich. „Das macht doch einen schlechten Eindruck. Auch wenn es mich nichts mehr angeht. Ich fege das eben weg."

Kurt nickt ergeben. „Ja, das mach mal. Da steht der Besen hinterm Schrank. Was anderes bleibt uns nicht mehr zu tun. Und danach ist Schicht. Feierabend für immer."

Er nickt und nimmt den Besen mit. Dann geht er wieder hinaus. Nun ist es ein Auftrag. Ein Auftrag ist gut. Das ist ein bedeutender Unterschied. Mit einem Auftrag ist er auf der sicheren Seite. Das kann später niemand in Frage stellen. Dann steht er wieder am Kai und schaut zur *Ubena* hin. Sie ist das schönste Schiff der Welt, so wie jedes Schiff, das er im Laufe von dreißig Jahren entstehen sah, ihm als das allerschönste erschien.

Er dreht sein Gedächtnis ganz weit zurück, zum 1. Februar 1953. Das war sein erster Tag auf der A.G. „Weser". Er kam mit dem Fahrrad, auf dem Gepäckträger eine abgewetzte Ledertasche, darin eine Thermoskanne mit Kaffee und zwei Butterbrote, die er sich in aller Frühe in seinem Junggesellenzimmer geschmiert hatte. Er war noch nicht lange in Bremen. Er kam aus dem Emsland. Aber alle zogen jetzt weg aus den Dörfern. Alle wollten in die Stadt. Arbeit gab es da genug. Die bremische Wirtschaft erlebte eine große Blüte, vor allem im Schiffbau und im Handel. Der Hafen hatte ihn schon immer gereizt. Die großen Schiffe, die exotischen Waren, Bananen und Kaffee und tropisches Holz. Das hatte etwas vom Duft der weiten Welt. Das war so lebendig, so ganz anders als der ewige Mistgeruch und die endlosen Kartoffeläcker und Steckrübenfelder, die er kannte.

Er stellte sein Rad ab und trat durch das Werktor. Auf dem

Helgen lag ein halbfertiges Schiff. Die Wucht und Masse ließen ihn staunen. Die stählernen Wände schienen sich schier endlos in die Höhe emporzuheben.

„Wie heißt das Schiff?", fragte er den ersten Kollegen, der ihm über den Weg lief.

„Das ist die *Drachenfels*, Baunummer 1269", antwortete der.

„Ich hätte nicht geglaubt, dass ein Schiff so riesig ist, wenn man direkt davor steht."

„Und dabei ist das noch eins von der kleineren Sorte", sagte der Kollege und grinste. „Warte nur ab, was in den nächsten Jahren noch alles auf uns zukommt. Sie werden größer und größer werden."

„*Drachenfels*", wiederholte er mit einem Hauch von Ehrfurcht.

Dann begann er zu arbeiten. Er schweißte Nähte und polierte Metall. Seine Arbeit machte ihn stolz. Es war völlig überflüssig, sich große Gedanken zu machen. Alles hatte einen Sinn. Und wenn ihm abends die Hände weh taten, dann wusste er, wovon. Wenn Überstunden nötig wurden, sagte er gerne zu. Er fühlte sich wohl mit den Kollegen. Er lebte sparsam und legte jeden Monat ein paar Mark auf die hohe Kante, für eine Zukunft, die noch im Nebel lag.

Dann lief die *Drachenfels* vom Stapel. So ähnlich musste es sein, die ersten Schritte seines Kindes zu sehen. Er hatte ja noch keine Kinder. Er hatte noch nicht mal eine Freundin. Aber so stellte er es sich vor. Der Stapellauf war die Belohnung. Darauf zielte alles hin. Die Arbeit schweißte die Kollegen zusammen, gemeinsam arbeiteten sie für diesen Moment.

Er lächelt wieder, jetzt ganz versonnen. Über hundertvierzig Stapelläufe hat er gesehen. Keinen einzigen hat er versäumt, in den ganzen Jahren nicht. Die Namen der Schiffe sind wie

Perlen an einer Schnur. In jedem steckt eine Geschichte, und nach ihnen ordnet sich sein Gedächtnis.

Wenn er an die *Dresden* denkt, dann denkt er auch an Hilde. Das war 1957. Ein goldener Tag mit mildem Wind, die Luft roch ein bisschen nach Tang. Sie standen zusammen am Dock, Hilde hing an seinem Arm. Sie kannten sich nun fast ein Jahr. An einer Wurstbude auf der Osterwiese waren sie zusammengestoßen, als hätte das Schicksal es so gewollt. Sie hatte ihm gleich gefallen, ihre dunklen Locken und die Art, wie sie lachte. Sie lachte viel und gerne. Für den nächsten Tag hatten sie sich zu einem gemeinsamen Bummel verabredet, und für den übernächsten noch einmal. Ihre Perlenohrringe tanzten, wenn sie den Kopf nach hinten warf. Natürlich waren es keine echten Perlen, und er nahm sich vor, ihr eines Tages schönere Ohrringe zu schenken, kein Talmi, sondern richtiges Gold. Als sie am dritten Tag im Riesenrad fuhren, legte sie ihr Gesicht an seine Schulter, und er hatte sie geküsst, und in diesem Moment wusste er, dass sie die Einzige für ihn sein würde.

Hilde arbeitete in einer Schneiderei und wohnte zur Untermiete bei einer älteren Dame. Herrenbesuch war da nicht erlaubt. Sie gingen viel spazieren und schmiedeten Pläne. Er schwärmte ihr von den Schiffen vor. Im nächsten Jahr lud er sie ein, mit zu einem Stapellauf zu gehen. Die *Dresden* war wirklich prachtvoll. Sie standen am Wasser und klatschten Beifall. Dann zog er die Ringe aus der Tasche, die er seit zwei Wochen bei sich trug. Das Wasser glitzerte und Hildes Augen strahlten. Nun waren sie verlobt.

Ein paar Monate später heirateten sie bereits. Sie konnten nicht länger warten, denn zu Weihnachten hatte Hilde ihm ein freudiges Ereignis in Aussicht gestellt. Auf der Werft begannen sie gerade, die *Euridice* zu bauen. Er war ganz verliebt in das Schiff, so wie er in all seine Schiffe verliebt war.

Als er zum wiederholten Male sagte, dass er sich eine Tochter wünschte, reagierte Hilde erstaunt.

„Warum willst du keinen Jungen, so wie die meisten anderen Männer?“, fragte sie beim Essen.

„Einen Jungen kriegen wir noch. Aber zuerst soll es ein Mädchen sein. Das ist mein größter Wunsch.“

Sein Lächeln ließ sich nicht recht deuten, und sie wurde nicht schlau aus ihm. Aber er bekam seinen Willen. Es wurde eine Tochter. Und als er sie zum ersten Mal in den Armen hielt, rückte er mit dem Namen heraus.

„Du bist verrückt“, sagte Hilde, das dunkle Haar auf dem Kissen der Wöchnerinnenstation. „Euridice, das ist doch kein Name!“

Das Kind in ihrem Arm begann sich zu regen, und er erzählte ihr die Geschichte von Orpheus und Euridice, die Geschichte einer großen Liebe. Er hatte sich das extra angelesen, um nicht unvorbereitet zu sein.

Hilde schüttelte energisch den Kopf. „Komm mir nicht mit romantischen Geschichten und nicht mit der griechischen Sagenwelt! Euridice, so kann kein Kind heißen. Jedenfalls hier in Bremen nicht.“

Nach einer ausgiebigen Diskussion einigten sie sich auf Elke, und er stieg auf sein Fahrrad, um die Kleine beim Standesamt anzumelden. Erst mehrere Wochen später, als Hilde einmal im Familienstammbuch blätterte, entdeckte sie, dass er sie überlistet hatte und die Kleine als Elke Euridice hatte eintragen lassen.

„Du und deine Schiffe!“, empfing sie ihn am Abend. „Ich sollte kein Wort mehr mit dir reden!“

Aber wirklich böse konnte sie ihm nicht sein.

Er ringt nach Luft, mit heiserem Husten. So geht es immer öfter in letzter Zeit.

„Nicht daran denken“, flüstert er leise. „Denk lieber an was Schönes, an die Tage, an denen ihr glücklich wart.“

Wieder sieht er Hilde vor sich. Ihre Unterlippe stülpt sich schmollend nach vorn.

„Du liebst die Schiffe viel mehr als mich“, hat sie wohl hundertmal gesagt.

„Ach, Hilde, das verstehst du nicht.“ Seine Antwort war immer gleich. „Ich liebe einfach meine Arbeit. Aber ich liebe sie nicht mehr als dich. Ich liebe sie auf eine andere Art. Unsere Schiffe schwimmen auf allen Meeren. Meine Arbeit bringt etwas Schönes hervor. Das ist ein unübertreffliches Gefühl.“

„Erzähl mir nichts!“, gab sie zurück. „Es ist, als ob du mich mit den Schiffen betrügst.“

In ihrer Stimme war eine Spitze von Eifersucht. Ja, Eifersucht, das erkannte er genau, und als er ihr das sagte, wurde sie böse und meinte, das bilde er sich ein. Aber natürlich war es Eifersucht, so als ob die Schiffe seine Geliebten wären, besonders wenn er ihre Formen beschrieb und dabei seine Hände zu Hilfe nahm.

„Ich denke, ich bin dir viel zu mager“, sagte sie einmal mit Zwinkern. „Wenn ich die dicken Hintern deiner Schiffe sehe, bin ich dir sicher nicht genug.“

Er bemühte sich, ihr das Gegenteil zu beweisen. Es war wie ein Spiel zwischen ihnen, und am Ende hatten sie immer gelacht.

Die Luft geht ihm aus. Er hustet jetzt krampfhaft. Das elende Zeug bringt ihn um.

„Das darf ich behalten,“ denkt er bitter. „Eine Abfindung der anderen Art.“

Er schaut zur *Ubena* und schöpft Atem. Dann denkt er an sein zweites Kind. Drei Jahre nach Elke wurde ihre zweite

Tochter geboren, und diesmal gab es keine Diskussion.

„Wir nennen sie Elisabeth, nach deiner Patentante", hatte er lächelnd vorgeschlagen, und Hilde lächelte dankbar zurück.

„Wie gut von dir, an Tante Elisabeth zu denken. Du bist doch wirklich ein lieber Mensch!"

Dass *Elisabeth Entz* der Name des Schiffes war, an dem sie gerade bauten, erwähnte er aus Klugheit nicht. Misstrauisch wurde Hilde erst einige Zeit später, als im Weser-Kurier ein Artikel über den Stapellauf erschien. An einen Zufall mochte sie nicht glauben. Er wand sich wie ein Aal, ohne zu wagen, noch einmal ihre Tante ins Spiel zu bringen.

„Sie haben das Schiff nach unserer Tochter benannt", versuchte er die Kurve zu kriegen. „Schließlich fand ihre Taufe drei Wochen vor der Taufe des Schiffes statt."

Als Hilde dennoch mit der Schranktür knallte, beschloss er, beim nächsten Kind ganz ehrlich zu sein.

Er hustet wieder.

„Das ist nicht so schlimm", hat der Betriebsarzt damals gesagt. „Das wird bald besser. Das hustet sich aus."

Aber es wurde nicht besser. Im Gegenteil, es wurde chronisch. Und es ging ihm nicht alleine so. Auch andere Kollegen begannen zu husten, vor allem die Älteren, die schon lange auf der Werft waren und schon viele Jahre mit dem Zeug gearbeitet hatten.

Er wischt sich die Stirn. „Nicht daran denken. Das ist doch sowieso zu spät."

Stattdessen gehen seine Gedanken zu Uwe. Uwe ist sein einziger Sohn. Und natürlich heißt er nicht nur Uwe. Er wurde 1964 geboren. Da hatten sie den Tanker *Valentinian* gebaut.

Hilde seufzte, als er mit dem Vorschlag kam. Sie wusste schon, dass sie es nicht völlig würde abwenden können, aber sie versuchte, einen Dreh zu finden, mit dem es sich leben ließ.

„Einen Jungen können wir nicht Valentinian nennen. Da machen die Kinder in der Schule sich lustig über ihn. Er braucht einen Namen, mit dem er nicht aus der Reihe fällt. Wie wäre es zum Beispiel mit Uwe?"

Das war ein Name nach ihrem Geschmack. Sie mochte das Konventionelle, das Altbewährte.

„Uwe passt zu uns. Das ist nicht so extravagant. Das klingt so schön normal."

Er seufzte, denn seine Kinder waren für ihn sehr besonders. Am Ende gab jeder ein bisschen nach, und der Junge wurde Uwe Valentin genannt.

Uwe war ein aufgewecktes Kind. Mit elf Monaten konnte er laufen, und mit drei Jahren baute er mit Legosteinen schon einen richtig großen Turm.

„Er soll das Abitur machen und später studieren", sagte er am Abend zu Hilde, als sie vorm Fernseher saßen. „Er soll alles lernen können, was ihn interessiert. Ich werde ihm ermöglichen, was in meiner Macht steht. Dafür ist mir nichts zuviel. Dafür arbeite ich auch gerne an den Wochenenden."

„Wenn er nur glücklich wird, ist alles gut", sagte Hilde, die manchmal etwas weiser war.

„Möchtest du denn nicht nach den Sternen greifen?"

„Was soll ich mit den Sternen? Mein Glück ist doch hier", erwiderte sie und nötigte ihm mit dieser schlichten Wahrheit Respekt ab.

Das waren ihre schönsten Jahre. Sie waren so glücklich, wie es nur ging. Sonntags fuhren sie mit den Rädern ins Grüne, Uwe in einem Körbchen vor seinem Lenker, Elke und Elisabeth auf Kinderfahrrädern hinterher. Sie machten Picknick am Weserufer. Hilde hatte einen großen Korb dabei. Darin waren Kartoffelsalat, Würstchen und gelber Sprudel. Er zeigte seiner Familie die Schiffe und erläuterte die technischen Details, und in Uwes Lallen glaubte er echte Begeisterung zu erkennen.

Der Husten würgt ihn. In rauen Mengen haben sie das Zeug verbaut. Da kamen Frachter, deren Laderäume bis unter die Decke gefüllt waren. Manchmal hatten sie sich zum Spaß mit den Klumpen beworfen wie bei einer Schneeballschlacht. Hatte ja keiner gewusst, wie gefährlich das war. Hatte sich doch keiner Gedanken darüber gemacht, dass diese winzigkleinen Fasern soviel Unheil anrichten konnten, dass sie sich im Körper festsetzten und die Lunge zerstörten. Es lag doch überall herum, nicht anders als Sand oder Kies. Im Zement, in den Dichtungen, im Kleber, in den Verkleidungen der Rohre, überall fand sich Asbest. Die Schiffe waren hundertprozentig feuerfest. Sie machten sogar Witze darüber: „Unsere Schiffe können vielleicht untergehen. Aber brennen können sie nicht!" Darüber hatten sie herzlich gelacht.

Inzwischen lachte niemand mehr. Die Zeitbombe in ihren Körpern tickte. Nur die Berufsgenossenschaft gab vor, es nicht zu hören. Er würde nichts dafür bekommen. Gar nichts. Keine Entschädigung, nicht für die Atemnot, nicht für sein Keuchen, wenn er mehr als fünf Stufen stieg. Keinen Pfennig für die zahllosen Untersuchungen. Nichts für die Angst, die ihm jedes Mal im Nacken saß.

„Lohnt nicht, damit vor Gericht zu gehen", hatte auch ein Kollege gesagt. „Das will doch keiner hören. Davon schweigt man lieber still. Ein Prozess, der dauert viele Jahre, wenn er überhaupt was bringt. Solche Möglichkeiten habe ich nicht. Und soviel Atem auch nicht mehr."

Er tritt an die Spundwand und schaut in die Tiefe. Die Hoffnung ist erloschen. Heute haben sie die Werft zu Grabe getragen. Ein Seebegräbnis ohne Musik. Schwarze Fahnen, ein Kranz mit roten Nelken, von dem ein blauweißes Bändchen hing. Ein dunkler Sarg aus billigem Holz. Als er ins Wasser glitt, war alles vorbei.

„Da hättet ihr mich gleich mit ins Wasser kippen können“, denkt er traurig.

Seine Knie sind weich, als würde er auf Watte gehen, als wäre die Erde ein nachgiebiger Morast. Mit Mitte fünfzig ist er zu alt für was Neues. Wer braucht in Bremen noch Schweißer für Schiffe? Die stehen in Schlangen beim Arbeitsamt an. Er hatte an der Werft festgehalten. Das war genau wie mit Hilde. Nichts konnte sie trennen. Sie gingen gemeinsam durch dick und dünn. Und nun warf man ihn hinaus, ihn und die anderen Standhaften, die ihre Arbeit nicht hatten verloren geben wollen, die alles getan hatten, damit es weiterging.

„Haben wir denn geglaubt, dass man für uns eine Ausnahme macht? So ist es schließlich immer gewesen. Den Letzten beißen die Hunde. Vielleicht habe ich meine Chance verpasst. Aber ich kann mich eben nicht so leicht umstellen. Wenn ich etwas mache, dann ist es mit ganzem Herzen. Etwas anderes gibt es nicht.“

Er denkt an die Kinder. Die sind nun groß. Die Mädchen sorgen längst für sich selber. Elke studiert in Hamburg. Ärztin will sie werden, seine Tochter. Die erste in der Familie, die Abitur gemacht hat. Die erste, die zur Universität geht.

„Ich bin stolz auf dich, Elke“, sagt er leise. „Du wirst es zu etwas bringen. Du wirst dich nicht klein machen müssen für ein paar Pfennige mehr die Stunde. Du wirst auch am Monatsende noch wissen, woher die Wurst auf dem Brot kommt, und nicht zeitlebens nach Sonderangeboten suchen müssen.“

Elisabeth ist weniger akademisch geraten. Sie schlägt ganz nach ihm. Sie liebt die Arbeit mit den Händen, sie begeistert sich für die Natur. Sie arbeitet in einer Gärtnerei und spart ihr Geld, um irgendwann einen Blumenladen zu eröffnen.

„Auf dich bin ich auch stolz, mein Mädchen", sagt er. „Wenn die Arbeit uns Freude macht, dann sind wir glückliche Menschen. Das weiß niemand besser als ich."

Dann denkt er an Uwe. Die schönen Träume sind zerplatzt. Uwe ist ihr Sorgenkind geworden. Als er vier Jahre alt war, besiegelte sich sein Schicksal, das war an einem warmen Tag im August. Morgens war noch alles in Ordnung. Mittags bekam er Fieber, und zwei Stunden später bestellte Hilde ein Taxi und fuhr mit ihm ins Krankenhaus.

„Uwe ist krank", sagte Elke, als er von der Arbeit nach Hause kam.

Er nahm sich keine Zeit zum Essen, sondern sprang gleich wieder auf sein Rad und jagte zur Klinik. Er fand Hilde auf einem langen, leeren Flur. Sie saß auf einer Bank und weinte.

„Sie wissen noch nichts", sagte sie tonlos.

Sie saßen dort bis tief in die Nacht. Als endlich der Arzt kam, wurde Hilde blass. Sie hatte auch seit dem Morgen nichts gegessen. Der Arzt sprach leise und ruhig, er war ein sehr freundlicher Mensch. Hirnhautentzündung lautete die Diagnose. Er bereitete sie auf das Schlimmste vor. Die Bakterien hatten sich bereits ausgebreitet und waren in den ganzen Körper gelangt. Das konnte das Ende bedeuten. Das konnte ein Todesurteil sein.

„Vielleicht ein gnädiges Urteil", sagte der Arzt. „Man weiß nicht, was sonst bleibt."

„Ich will nur, dass er weiterlebt", sagte Hilde, die nicht klug sein wollte in diesem Moment.

„Das ist unser einziger Sohn. Tun Sie, was sie können!", flehte er den Arzt inständig an.

„Selbstverständlich tun wir das", sagte der Arzt mit verständnisvoller Milde und drückte ihm noch einmal die Hand.

Uwe überlebte, und das war ein großes Geschenk. Aber der Preis war sehr hoch. Es war schon viel Gewebe abgestorben gewesen. Beide Unterschenkel wurden dem Kleinen amputiert.

„Wenigstens ist er bei uns geblieben“, sagte Hilde tapfer. „Und es gibt doch Prothesen, mit denen er laufen kann. Er soll es niemals schlecht bei uns haben. Wir werden unser Möglichstes tun.“

„Natürlich werden wir alles tun“, sagte er und legte den Arm um sie.

Sie entschieden sich, Uwe zu Hause zu pflegen, solange es eben möglich war. Er war jetzt neunzehn. Er litt unter Krämpfen, konnte kaum hören und sprechen. Auch sein Verstand hatte sich nicht weit entwickelt. Er war noch immer wie ein Kind. Aber irgendwie schafften sie es. Solange er Arbeit hatte, ging es weiter. Hilde blieb zu Hause und kümmerte sich um den Jungen. Er bekam therapeutische Gymnastik und konnte sich mit Zeichen und Lauten verständlich machen. Er schaute gerne aus dem Fenster und sah den Kindern beim Spielen zu. Sie hatten ihm einen kleinen Fernseher gekauft. Am liebsten sah er *Die Sendung mit der Maus*.

„Ich glaube, dass er nicht unglücklich ist“, sagte Hilde manchmal, wenn sie abends zusammen saßen. Und er stimmte ihr jedes Mal zu.

„Auf dich bin ich auch stolz, Uwe“, sagt er nun müde. „Weil du so ein lieber Junge bist.“

Dann schweigt er still. Ihm fällt nichts mehr ein. Es gibt auch nichts mehr zu sagen. Er denkt an das, was nun unausweichlich kommt. Ein Arbeitsunfall. Dann müssen sie zahlen, ob sie wollen oder nicht. Am Helgen steht noch eine halbe Büchse Schmieröl. Die holt er sich und gießt sie dort aus, wo vorhin der Sarg über die Planke rutschte. Das Zeug ist glitschig wie Seife. Es verteilt sich auf dem Pflaster, tropft langsam über den eisernen Rand. Die leere Dose wirft er so weit es geht ins Wasser.

Dann nimmt er den Besen und beginnt zu fegen. Erst ein

Stück von der Kante weg, dann immer dichter heran. Einen halben Eimer Dreck schabt er zusammen. Er stellt den Eimer so hin, dass man ihn nicht übersieht. Dann fegt er noch einen Haufen Schmutz zusammen, ganz nahe an der Kante nun. Kurt wird nicht bestreiten, ihn zum Fegen geschickt zu haben. Und Hilde wird über die Runden kommen.

„Ertrinken soll ja gar nicht so schlimm sein. Man muss nur aufhören, sich dagegen zu wehren. Wenn der Punkt überwunden ist, wird man ganz ruhig und sinkt einfach immer tiefer und tiefer hinab. Und dann zieht das ganze Leben an einem vorbei. All das Schöne, die vergangene Freude. Besser kann ich es mir doch gar nicht wünschen."

Den Besen in der Hand, schaut er in die Ferne. Er denkt noch eine Weile nach, aber die Gedanken erreichen kein neues Ufer mehr.

„Schade", sagt er und neigt den Kopf. „Ich wäre gerne noch bei euch geblieben. Aber es geht nicht. Die Uhr läuft ab."

Sein Atem geht schwer. Da unten treibt noch der Rest der schwarzen Fahne. Es wird nicht lange dauern. Zwei, drei Minuten, dann ist es geschafft. Die Kälte wird ihn umarmen und ihm die Luft aus der Brust pressen, und die Welt hört auf zu sein.

Das Wasser bildet Strudel. Sein Blick erliegt dem Sog. „Du bist doch mein Freund", sagt er leise. „Auf dich ist Verlass. Nun wirst du mein Komplize sein."

Er legt den Besen auf den Boden, nahe genug beim Rand. Mit den Schuhen tritt er ins Öl. Er schmiert sich auch was an die Hose, auf die Ärmel, die Jacke. Mit den Händen macht er Spuren, als habe er sich zu halten versucht.

Ein letztes Mal schaut er auf. Die *Ubena* scheint ihn zu grüßen. Er holt tief Luft, setzt einen Fuß auf die eiserne Kante und tritt mit dem anderen ins Leere. Es ist der 6. Oktober 1983.

Das Monstrum

Bau des Fernmeldeturms, 1980er-Jahre

Da liegt schon wieder eine tote Taube. Die fünfte in dieser Woche, und dabei haben wir erst Donnerstag. Und alle hier an der Straße, auf dem Abschnitt bis zum Waller Ring. Die Zeichen sprechen für sich. Es erkennt sie nur nicht jeder. Viele wollen das auch gar nicht. Aus Angst, sich die Wahrheit einzugestehen. Aus Angst vor Repressionen. Ich weiß, wovon ich rede. Ich beschäftige mich schon lange damit. Und ich schreibe alles auf. Ich dokumentiere die unerklärlichen Dinge, damit sie nicht verloren gehen. Falls mir etwas passiert. Falls ich eines Tages einfach verschwinde.

Ich habe mein Heft dabei. Darin mache ich Notizen, jeden Tag auf meinem Rundgang. Die Taube liegt neben dem Imbiss an der Ecke Sankt-Magnus-Straße. Es ist sieben Uhr dreißig. Wir haben Ende September. Sonnenaufgang war vor einer Stunde. Die Taube ist noch nicht steif, so als wäre sie gerade erst vom Himmel gefallen. Sonst hätte der Imbissbesitzer sie auch schon weggeräumt. Macht ja keinen guten Eindruck, wenn direkt neben dem Imbiss tote Tauben liegen. Es ist immer das gleiche. Sie fliegen gegen die Häuser und brechen sich das Genick. Dann fallen sie runter. Seit letzten Winter geht das so. Keiner scheint es zu bemerken. Keiner kann es sich erklären. Keiner außer mir.

Gegenüber fangen die Maschinen an zu lärmen. Das Ding wird immer größer. Das Unglück nimmt nun seinen Lauf. Es ist nicht mehr aufzuhalten. Aber meinen Verstand werden sie nicht ausknipsen. Ich werde Zeugnis ablegen von dem, was hier geschieht, mitten in unserer Stadt, in diesem Land.

Ich beachte die tote Taube nicht länger. Ich habe sie zur Kenntnis genommen, das genügt. Vorsicht ist besser. Sie haben ihre Augen überall. Vielleicht beobachtet man mich schon. Ich gehe weiter, ohne mich noch einmal umzudrehen. Ich habe gelernt, mich zu verstellen. Ein ganz normaler Morgenrundgang. In der Wartburgstraße hole ich Brötchen. Die Verkäuferin ist unfreundlich, ihre Augen starren mir vor die Stirn. Feindseligkeit liegt in ihrem Blick. Ich weiß nicht warum, ich habe ihr doch nichts getan. Ich schaue an ihr vorbei an die Wand. Vielleicht ist sie eine von denen. Sie beginnen, den Stadtteil zu kontrollieren. Morgen werde ich woanders Brötchen holen.

Draußen biege ich in die Grenzstraße ein. Ich gehe auf der rechten Straßenseite dicht an den Wänden der Häuser entlang. Ein Hund kläfft mich an, ganz plötzlich ohne Grund. Er zerrt an der Leine und zeigt mir die gefletschten Zähne. Die Tiere spüren es auch. Sie sind aggressiv und vergessen ihre Erziehung.

Am Ende der Straße warte ich einen Moment. Ich hole tief Luft, dann gehe ich um die Ecke. Ich schaue nicht hin. Ich drehe den Kopf absichtlich zur Seite, gucke in die Schaufenster und auf den Boden zu meinen Füßen. Dann bin ich an der Haustür. In meinem Rücken kribbelt es. Das riesengroße Ding da oben. Jeden Moment kann es herunterstürzen. Dann bleibt von uns allen nichts übrig. Maschinen dröhnen, Männer rufen sich zu. Ich drehe schnell den Schlüssel und verschwinde im Flur.

Meine Wohnung ist im zweiten Stock. Die Gardinen sind zugezogen. Ich mache mir einen Kaffee und zünde eine Zigarette an. Ich drehe den Stuhl zum Fenster hin und lege die

Hände um die Tasse. Von hier aus kann ich alles sehen.

Auf der anderen Straßenseite ist das Postamt. Das war schon immer da, jedenfalls solange ich lebe. Das gehört da also hin, genauso wie die Straßenbahnlinie und der Imbiss an der Ecke. Das gibt es schon seit einer Ewigkeit. Das sind Dinge, die in meiner mentalen Landkarte verortet sind. Die haben da einen festen Platz. Und andere Dinge eben nicht. Das mit den mentalen Karten denke ich mir ja nicht aus. Das gibt es wirklich. Tiere haben auch solche Karten im Kopf. Darum finden Hunde immer nach Hause zurück und Zugvögel den Weg nach Afrika. Oder glaubt etwa jemand, da wären überall Wegweiser aufgestellt?

Wenn man diese Karten stört, führt das zu Verwirrungen im Kopf. Dann verliert man das Gefühl für Raum und Zeit. Dann zerfasert da oben die ganze Kartografie, die man ein Leben lang gespeichert hat. Dann fliegen die Vögel solange in die falsche Richtung, bis sie tot vom Himmel fallen. Dann kann es passieren, dass jemand nicht mehr nach Hause findet. Oder dass er stundenlang im Kreis läuft, bis es dann heißt, er wäre irgendwie gestört. Und dann wird er in die Psychiatrie gebracht, und später kann er sich selbst nicht mehr erklären, warum er immer im Kreis gelaufen ist. Und dann versuch mal zu beweisen, dass du nicht verrückt bist!

Das Schlimmste an der Sache ist: Einige Personen – ich nenne sie mal „die da“ – benutzen ihre Kenntnisse, um die mentalen Karten absichtlich zu stören. Solche Personen nennt man Manipulatoren.

Gut, noch mal der Reihe nach. Ich versuche, es wissenschaftlich zu erklären: Die Räume, in denen wir uns bewegen, sind in unseren Köpfen in Bildern gespeichert, die wie Landkarten aussehen. Diese Karten braucht man zur ganz normalen Orientierung. Das gilt für Menschen und für Tiere. Die Karten der Menschen sehen alle etwas unterschiedlich aus, selbst wenn sie im gleichen Stadtteil leben, weil für jeden andere Dinge in seinem Umfeld wichtig sind. Aber die markanten Punkte – also Straßen oder bestimmte Bauwerke – haben schon aufgrund ihrer Größe für alle die gleiche herausragende Bedeutung.

Und da sind wir an dem Punkt, an dem die Manipulatoren tätig werden: Mit neuen Markierungspunkten im Raum versuchen sie, die mentalen Karten zu ändern. Das können neue Wegeführungen oder Gebäude von so monströsen Ausmaßen sein, dass man sie beim besten Willen nicht ignorieren kann. Folglich müssen alle Menschen ihre mentalen Karten neu sortieren. Und das geschieht dann bei allen in sehr ähnlicher Weise, weil alle neuen Karten sich unausweichlich auf die neuen Referenzpunkte beziehen werden. Man kann es auch geistige Gleichschaltung nennen. Während der Neuorientierung kann die Lücke im Kopf mit beliebigen Inhalten gefüllt werden, die zusammen mit dem neuen Referenzpunkt gespeichert werden. Radiowellen sind dazu ein kompatibles Mittel. Und damit sind sie am Ziel, die Drahtzieher der veränderten Realität: bei der Verwandlung freier, selbstständiger Menschen in willenlose Zombies!

Das beste Beispiel für ein solches Vorgehen entsteht da draußen vor meinem Fenster, direkt auf der anderen Straßenseite neben dem Postamt. Ein Ungetüm, das täglich größer und größer wird. Ich nenne es nur „das Monstrum".

Ich hole mir noch einen Kaffee und lächle zynisch. Seitdem ich die Zusammenhänge begreife, verstehe ich auch, warum mir geradezu körperlich übel wird, wenn ich das Ding da drüben betrachte. Es ist wie eine krankmachende Störung in der Optik. Die Luft bildet Wirbel und erzeugt ein Rauschen im Verstand. Damit lässt sich alles erklären, all diese Dinge, die ich täglich beobachte. Die aggressiven Hunde, die toten

Tauben. Die Menschen, die verwirrt durch die Straßen laufen. Ich bin in der Lage, all diese Phänomene in das System der Manipulation einzuordnen.

Und das ist erst der Anfang. Dabei wird es ja nicht bleiben. Es wird ja noch viel schlimmer kommen, wenn sie da drüben erst die Antennen anschließen und zu senden beginnen. Wer kennt sich denn mit Radiowellen aus und mit den Möglichkeiten, die sie bieten? Das weiß doch niemand so genau. Die meisten machen sich ja keine Gedanken. Was soll denn schon so schlimm daran sein, wenn da ein riesiger Funkturm hingesetzt wird, der vierundzwanzig Stunden am Tag irgendwelche Wellen ausstrahlt? Dann bekommt man einen besseren Radioempfang und irgendwann vielleicht mehr Fernsehsender. All diese Vorteile, das ist doch großartig!

Nach dem Kaffee rauche ich noch eine Zigarette, dann stelle ich die alte Schreibmaschine auf den Tisch. Ich lasse mich nicht blenden. Und ich will mir später nicht vorwerfen müssen, geschwiegen zu haben. Ich sage, was gesagt werden muss. Das sehe ich als meine Pflicht. Ich spanne einen Bogen Papier ein, dann beginne ich zu tippen:

An die Bevölkerung von Bremen. Wacht endlich auf! Der sogenannte Funkturm, der zurzeit in Walle gebaut wird, dient in Wirklichkeit ganz anderen Zwecken. Er wird uns rund um die Uhr mit Wellen bombardieren. Sie dringen in die Gehirnstrukturen ein und bringen die mentalen Karten durcheinander. Traut nicht den Versprechungen auf bessere Qualität und mehr Fernsehprogramme! Das ist nur Augenwischerei. In Wirklichkeit wollen sie unsere Gedanken kontrollieren. Wenn sie zu senden beginnen, wird nichts mehr so sein wie früher. Unser schönes Walle, wie wir es kennen und lieben, wird es nicht mehr geben. Sie bereiten uns schon darauf vor.

Ich lese den Brief noch zweimal durch, korrigiere ein paar Rechtschreibfehler mit Tippex, denn ich habe gelernt, dass

Menschen eher bereit sind zu glauben, wenn die Warnungen in richtiger Rechtschreibung erfolgen. Dann schiebe ich den Brief in meine Jackentasche und stecke mir noch eine Zigarette an. Inzwischen ist es fast Mittag und ich lege mich ein Weilchen ins Bett. Ich habe einen sehr schlechten Traum. Die Wände der Wohnung sind durchlässig wie Zellstoff. Man kann mich sehen, egal was ich tue, egal wo ich bin. Sogar wenn ich auf dem Klo sitze.

Schweißgebadet wache ich auf. Ich weiß, dass der Traum eine Warnung ist. Auf meine Träume habe ich mich immer verlassen können. Genauso wird es kommen. Ich rauche noch eine Zigarette und esse ein Brötchen. Zur Toilette gehe ich nicht. Das werde ich mir noch eine Weile verkneifen. Ich ziehe die Jacke an und gehe nach draußen, wobei ich kein einziges Mal in die fragliche Richtung schaue. Die Grenzstraße bietet die schnellste Möglichkeit, der optischen Störung zu entkommen. Aber auch das wird schwieriger. Sie sind dabei, die Betriebskanzel hochzuziehen. Über den Dächern kann man sie schon sehen. Wie ein riesiges Ufo sieht sie aus. Am Montag haben sie damit angefangen. Mit vierundzwanzig Hubseilen wird das Teil in die Höhe gehievt, fünfzehn, zwanzig Meter am Tag. So stand es in der Zeitung zu lesen. Technische Details fürs Volk. Damit die Leute glauben, sie wären informiert. Bald wird es in Walle kaum noch eine Straße geben, die man von dort aus nicht kontrollieren kann.

Eng an die Häuserwand gedrückt, gehe ich weiter. Vor einer Tür sitzt ein kleines Kind und weint. Die Kinder merken es auch. Den Druck im Kopf, das Pulsieren hinter der Stirn, das durch die unnatürliche Höhe des Bauwerks entsteht. Der Wind bricht sich dann ganz anders. Das Tageslicht bildet Strudel. Manchmal sieht man dunkle Schlieren, die sich da oben um den Mast bewegen. Das sind extreme Zusammenballungen von Atomen. Wie Millionen kleiner, schwarzer Fliegen sieht das aus, rasch bewegliche Wolken, die beim Kreisen seltsame Muster bilden, wie Eisenspäne um einen Magneten. Wahrscheinlich experimentieren sie schon mit den Antennen.

In der Bremerhavener Straße ist eine Kellerkneipe. Ich trinke ein Bier und gehe zum Klo. Kellerkneipen sind die letzten geschützten Räume. Da dringen die Schwingungen nicht so hin. Ich entspanne mich ein wenig. Der Druck hinter meinen Schläfen lässt nach. Später gehe ich weiter zum Waller Ring, wo es einen Kopierladen gibt. Ich wechsele die Läden regelmäßig, damit man mir nicht auf die Spur kommt. Ich kopiere den Brief zweihundert Mal und passe auf, dass niemand mir über die Schulter schaut.

Letztes Jahr habe ich Leserbriefe an den Weser-Kurier geschickt. Naiv wie ich war, glaubte ich wirklich, dass die doch verpflichtet wären, sie abzudrucken. Die konnten die Meinung ihrer Leser ja nicht unterdrücken. Ich unterschrieb die Briefe mit verschiedenen Namen und warf sie in verschiedene Postkästen. Aber vergeblich. Kein einziger wurde gedruckt. Also musste ich zu anderen Mitteln greifen. Jetzt kopiere ich die Briefe und verteile sie selbst. Wenn es dunkel geworden ist, stecke ich sie den Leuten in die Briefkästen, hauptsächlich in Walle und Gröpelingen.

In einer anderen Kneipe trinke ich noch zwei Bier und warte, dass es dunkel wird. Dann erfülle ich meine Mission. In der Nacht habe ich wieder den beunruhigenden Traum. Die Wände sind weich und transparent. Man beobachtet mich von allen Seiten. Als nächstes werden sie versuchen, in mein Gehirn einzudringen. Darum pocht es auch immer so, darum sticht es so, als würden mir Nadeln in die Kopfhaut gesteckt.

Zum Frühstück trinke ich einen Kaffee und rauche zwei Zigaretten. Da liegt auch noch ein Brötchen von gestern, das esse ich trocken dazu. Vorsichtig spähe ich durch die Gardinen. Sie sind schon wieder bei der Arbeit. Zentimeter um Zentimeter schiebt sich die Kanzel in die Höhe. Die Menschen auf den Gerüsten und Kränen sind winzig wie Ameisen. Willenlos arbeiten sie stumpf vor sich hin, erfüllen die Aufgaben, die man ihnen zuweist, ohne sie zu hinterfragen.

Um neun Uhr verlasse ich die Wohnung. Bei Comet kaufe ich jede Menge Lebensmittel, damit nicht so auffällt, was ich eigentlich brauche. Mit zwei vollen Plastiktüten kehre ich nach Hause zurück, schön harmlos und langsam, als wäre ich nur irgendein Faulpelz, den man nicht ernst zu nehmen braucht. Eine Stunde später gehe ich wieder los. Diesmal fahre ich mit der Straßenbahn in die Stadt. In der Heimwerkerabteilung bei Karstadt kaufe ich fünf Päckchen Spezial-Tapetenkleister. Ich verstaue sie in den Innentaschen meiner Jacke, damit man die Karstadttüte nicht sieht.

Zu Hause koche ich mir Kaffee, rauche eine Zigarette und rühre einen Eimer Kleister an. Während der Kleister zieht, räume ich das Badezimmer leer. Duschvorhang, Handtücher, Alibertschrank, Klorollenhalter, alles muss raus. Ich fege die Spinnweben aus den Ecken weg, damit der Kleister richtig hält. Dann streiche ich die erste Wand mit dem Zeug ein und hole aus der Abstellkammer die Plastiktüten. Unter den Lebensmitteln liegen zehn Rollen Alufolie. Metall hält ja bekanntlich Strahlen ab. Und Alufolie eignet sich hervorragend, um Wohnungen gegen schädliche Einflüsse zu isolieren. Ich steige auf die Trittleiter und lege die erste Bahn an die Wand an. Sie bleibt gut kleben. Vorsichtig streiche ich sie glatt und schneide die Folie über der Fußleiste ab. Dann folgt die nächste. Es geht ganz gut. Die Ecken machen ein wenig Mühe. An den Kacheln in der Dusche und auf der glatten Tür trocknet der Kleister ziemlich lange.

Am Abend ist das Badezimmer sicher. Da kommen sie nicht mehr rein. Der Effekt ist sofort spürbar. Ich schließe die

Tür und setze mich auf den Toilettendeckel. In Ruhe trinke ich eine Tasse Kaffee und rauche eine Zigarette. Die Kopfschmerzen, die mich seit Tagen plagten, sind wie weggeblasen. Morgen ist das Schlafzimmer dran, dann werde ich auch wieder ruhig schlafen können.

In dieser Nacht träume ich, dass alle Wände der Wohnung transparent sind, bis auf die Wände des Badezimmers. Ich habe also recht gehabt. Ich bin auf dem richtigen Weg. Am nächsten Morgen gehe ich nicht zu Comet sondern zu Edeka, um noch mehr Folie zu besorgen. Es soll schließlich nicht auffallen. An der Haltestelle sitzt eine alte Frau mit ihrem Rollator. Sie scheint direkt ins Nichts zu blicken. Als ich zurückgehe, sitzt sie immer noch da, obwohl inzwischen zwei Straßenbahnen gefahren sind. Es gibt keinen Zufall. Alles hängt mit allem zusammen. Die Alten verlieren die Orientierung. Bei ihnen ist das Hirn schon etwas weicher, da können die Schwingungen schneller eindringen. Aus den Augenwinkeln schaue ich zu dem Monstrum. Um den Mast wabern dunkle Streifen. An der Ecke liegt eine tote Taube. Ich habe es gewusst. Alles macht einen Sinn.

Zu Hause räume ich das Schlafzimmer aus und rühre neuen Kleister an. Während der Kleister zieht, setze ich mich an die Schreibmaschine: An die Bevölkerung von Bremen. Wacht endlich auf! Die sieben Plagen werden kommen. Aber nicht von Gott, sondern von denen, die ihre eigenen Pläne verfolgen, die niemand kennt außer sie selbst. Die sieben Plagen sind: 1. Vögel werden vom Himmel fallen. Seht ihr die toten Tauben nicht? 2. Hunde fallen euch an, als ob sie Tollwut hätten. 3. Kinder weinen scheinbar ohne Grund. 4. Alte Leute hören auf zu denken und finden den Weg nach Hause nicht mehr. 5. Die Wände eurer Wohnungen werden durchsichtig wie Pergament. 6. Eure Gedanken werden kontrolliert. 7. Ihr seid keine eigenständigen Wesen mehr.

Was können wir dagegen tun? Helft Kindern und alten Menschen und bringt sie zu ihren Wohnungen zurück! Tapeziert eure Wände mit Alufolie, dann können sie euch nicht beobachten! Macht euch Helme aus Alufolie und tragt sie unter euren Hüten, dann können sie eure Gedanken nicht lesen!

Der letzte Punkt ist mir jetzt gerade wieder eingefallen. Das habe ich vor vielen Jahren mal im Fernsehen gesehen, in einem Film über Gedankenkontrolle. Die Menschen waren wie ferngesteuert. Sie brachten sich gegenseitig um und konnten sich hinterher an nichts erinnern. Ich glaube, das war so eine Art Dokumentation. Das hat mich damals tief beeindruckt.

Der Kleister ist inzwischen gut, aber ehe ich mit dem Tapezieren beginne, mache ich mir selber eine Kappe aus Alufolie. Das Summen in meinem Kopf hört schlagartig auf. Ich rauche eine Zigarette, trinke einen Kaffee und tapeziere bis zum Nachmittag. Zum Schluss wickele ich das Rollo vorm Fenster ab und beklebe es ebenfalls mit Folie. Ich klemme es so fest, dass es eine Weile trocknen kann, ehe ich es vorsichtig wieder aufrolle. Nun kann ich auch das Fenster gegen die Strahlen schließen.

Ich ziehe die Jacke an und setze meine Mütze über die Aluhaube. Es fällt gar nicht auf. Man sieht nichts von der Folie. Langsam gehe ich zur Straßenecke und schaue mehrmals zur Baustelle hin. Absichtlich. Ich bleibe sogar einen Moment stehen und schaue nach oben, wo das Ufo nun befestigt wird. Mir wird schwindelig, ich halte mich an einem Verkehrsschild fest. Dann biege ich in die Grenzstraße ein, gehe zu einem Kopierladen am Steffensweg, mache zweihundert Kopien, die ich in dieser Nacht verteilen werde, und trinke ein Bier in der Kellerkneipe.

Dann trinke ich noch drei Bier. Das ist eins mehr als geplant. Leider werde ich unvorsichtig. Als ich in der Elisabethstraße die Flugblätter in die Briefkästen werfe, fühle ich plötzlich eine Hand auf der Schulter. Nun haben sie mich also!

„Ich werde nichts sagen“, sage ich sofort.

„Das können Sie selbst entscheiden. Aber erstmal kommen Sie mit“, sagt der Polizist.

Sein Kollege nimmt mir die restlichen Flugblätter ab. Dann bringen sie mich zum Streifenwagen. Auf dem Revier halten sie meine Personalien fest. Dann kommt ein Kommissar in Zivil. Er hat die Flugblätter vor sich liegen. Ich verschränke die Arme und schaue an ihm vorbei an die Wand.

„Was soll das?“, fragt er schließlich. „Glauben Sie diesen Unsinn wirklich?“

Ich sage nichts.

„Der Inhalt spricht ja schon für sich. Es könnte sich aber positiv auswirken, wenn Sie sich äußern würden. Wenn wir den Eindruck haben, dass Sie nicht zurechnungsfähig sind, lassen wir Sie beim Amtsarzt vorstellen. Der wird dann entscheiden, was weiter passiert.“

Amtsarzt. Das bedeutet Psychiatrie. Sie werden mich für verrückt erklären. Sie werden mich wegsperren und mundtot machen.

„Die Karten in unseren Köpfen lösen sich auf“, sage ich gepresst. „Unser Verstand wird aufgeweicht. Und dann machen sie mit uns, was sie wollen.“

„Wen meinen Sie damit?“

Ich lache. „Die da natürlich, die mir dieses Ungetüm vor die Nase setzen! Sie wollen unsere Gedanken kontrollieren. Sie wollen unbedingt da oben rein!“

Zur Unterstreichung lasse ich die Zeigefinger an meinen Schläfen kreisen.

„Hmm …“ macht der Kommissar und zieht die Stirn in Falten.

„Sobald die Antennen angeschlossen werden, senden sie den ganzen Tag Wellen ab. Die können überall eindringen, auch durch Wände. Die werden unser ganzes Bewusstsein verändern. Und am Ende sind wir nur noch Sklaven."

„Ist das alles?", fragt der Kommissar.

„Nein, das ist noch längst nicht alles", rufe ich wütend. „Sie tun auch was ins Trinkwasser. Man kriegt davon so ein Flimmern vor den Augen. Und manchmal setzt das Zeitgefühl aus."

Er schaut auf die Flugblätter, dann auf seine Uhr, und nickt.

Ich lache verzweifelt. „Ich weiß, dass Sie mir nicht glauben!"

„Sind Sie schon mal in psychiatrischer Behandlung gewesen?"

Darauf lasse ich mich nicht ein. Ich verschränke die Arme und schweige. Der Kommissar stellt noch ein paar Fragen, aber ich gebe keine Antwort mehr. Jedes Wort ist ein Wort zuviel. Sie werden mir ohnehin nur Stricke daraus drehen. Friedlich hier sitzen und schweigen. Dafür werden sie mich nicht einsperren können.

„Sie bekommen eine Anzeige wegen groben Unfugs", sagt der Kommissar schließlich, als lasse er Gnade vor Recht ergehen. „Von Volksverhetzung wollen wir noch einmal absehen. Aber passen Sie auf, dass wir Sie nicht noch einmal erwischen. Dann geht es nicht so glimpflich ab."

Den Rest der Nacht verbringe ich in einer Zelle. Ich habe immer noch die Mütze auf. Ich habe sie die ganze Zeit nicht abgesetzt. Sie haben meine Aluhaube nicht gesehen. Ich schlafe dann auch ziemlich friedlich. Eigentlich ist es hier gar nicht so schlecht. Die fensterlosen Wände halten die Schwingungen draußen. Das Frühstück ist ordentlich, wenn auch der Kaffee etwas dünn schmeckt.

Erst viel später erinnere ich mich an das Fragment eines Traums, den ich in dieser Nacht hatte. Der Kommissar sprach in ein Telefon, den Mund verdeckt von seiner Hand. Aber ich hörte trotzdem, was er sagte: „Ein Fall für die schwarze Liste. Genaue Beobachtung ist angeordnet. Bei Erhärtung des Verdachts, Exekution."

Ich sitze noch eine Weile in der Zelle, nun ist mir kalt. Dann lassen sie mich wieder laufen. Ein Polizeibeamter bringt mich mit dem Streifenwagen nach Hause.

„Damit wir sicher sind, dass Sie den Weg auch finden", sagt er so, als würde er scherzen. „Für den Fall, dass Ihre Karten da oben tatsächlich nicht mehr funktionieren."

Er macht sich über mich lustig. Ich antworte nicht. Das sind ohnehin nur Marionetten. Die Drahtzieher haben alles im Griff. Viele mentale Karten sind schon defekt, und an ihre Stelle tritt das freundliche Pflichtgefühl einer gleichgeschalteten Gesellschaft.

Rasch betrete ich meine Wohnung und schließe die Tür von innen ab. Als ich an der Garderobe meine Schuhe ausziehe, höre ich, wie sich auf der anderen Seite des Flurs die Türe öffnet. Ich lege mein Ohr ans Schlüsselloch.

„Haben Sie den endlich festgenommen?", höre ich die Stimme der Nachbarin fragen. „Das ist ein Verrückter. Der macht immer Scherereien. Gestern hat er versucht, meinen Dackel in Alufolie zu wickeln, um ihn vor irgendwelchen Strahlen zu schützen. Wenn ich nicht eingeschritten wäre, hätte er ihn womöglich im Ofen geschmort wie einen Braten."

Ich höre nicht mehr hin. Nie wieder werde ich die Alte grüßen. Nie wieder ihr die Tasche tragen. Ich habe es nur gut gemeint. Für wen kämpfe ich da eigentlich Tag und Nacht und riskiere meinen Kragen?

Ich schaue aus dem Fenster. Nun ist das Monstrum beinahe fertig. Die Antennen sind schon ausgerichtet. In Kürze geht das Ding in Betrieb. Ich könnte wirklich kotzen! Die Gehirne im Bremer Westen werden lahmgelegt, je nach

Windrichtung wahrscheinlich auch in den angrenzenden Gebieten. Die Vögel fallen tot vom Himmel, so wie es schon in der Bibel steht. Heere von schwarzen Fliegen werden sich auf unsere Körper setzen. Sie werden uns beißen und mit ungesunden Dingen infizieren. Die Nachbarn reden kaum noch mit mir. Sie gucken immer nur so komisch. Sie haben feindliche Gedanken im Kopf, das spüre ich ganz genau.

Ich fühle mich krank, meine Finger zittern. Ich rauche viel und trinke Kaffee. Manchmal denke ich an das Fragment des Traums, den ich in der Zelle hatte. Dann bin ich sicher, dass es kein Traum gewesen ist. Ich habe das wirklich gehört. Aber ich lasse mich nicht unterkriegen. Meine Mission ist noch nicht zu Ende.

Ich habe nun Kontakt zu einem Falkner. Da habe ich ein Falkenpärchen bestellt. Er hat mir auch schon zugesagt. Nächstes Frühjahr kann ich sie abholen. Denen binde ich kleine Sender an die Beine. Effektive, kleine Störsender. Ich habe einen Kumpel, der kann so was bauen. Und der hält auch den Mund. Hier von meinem Fenster werde ich die Falken fliegen lassen. Ich habe mich ausgiebig mit ihnen beschäftigt, mit ihrer Lebensweise, ihrem Nistverhalten. Ich wette, dass sie direkt zu dem Monstrum segeln, um sich da ein Nest zu bauen. Wenn das gelingt, bricht die ganze Manipulation zusammen! Die Störsender werden die Radiowellen umleiten und unschädlich machen. Die schwarzen Wolken aus Fliegen und gebündelten Atomen werden auseinanderfahren und die Manipulatoren werden nicht einmal wissen, warum. Dann hört das alles endlich auf. Dann können die Menschen wieder klar denken, und dann gehen vielleicht auch endlich meine Kopfschmerzen weg.

Das Ding aus der Wümme

Blockland, 1990er-Jahre

Ich weiß nicht, wann ich zum ersten Mal von dem Ungeheuer hörte, das in den Mäandern der Wümme haust, und in den angrenzenden Wiesen und Weiden. War es in dem Herbst, als meine Schwester verschwand? Oder im Jahr danach? In unregelmäßigen Abständen begannen die Zeitungen, von Menschen zu berichten, die – meist in der Dämmerung oder bei nebligem Wetter – ein seltsames Wesen gesehen haben wollten, das weder eindeutig als Mensch, noch als Tier zu identifizieren war. Manchmal hallten Rufe übers Blockland, hohl und klagend, ein wolfsähnliches Geheul. Ich zog diese Aussagen niemals in Zweifel. Ich wusste immer, dass da draußen etwas war, auch wenn ich es selbst noch nicht gesehen hatte.

Vor einigen Jahren bot sich mir die Gelegenheit, an der Blocklander Hemmstraße eine Parzelle zu übernehmen, direkt am Ufer der Kleinen Wümme. Nach so einem Platz hatte ich lange gesucht. Eine Pforte, die ich hinter mir schließen konnte. Ein Fleckchen ganz für mich alleine, wo niemand mich störte, abgesehen mal von ein paar Booten, die im Sommer an dem Grundstück vorbeigerudert kamen. Selbst bei schlechtem Wetter hielt ich mich hier auf, mit der Regenjacke und hohen Gummistiefeln an den Füßen, beseitigte Gestrüpp und lockerte den feuchten Boden auf, um die Herbstsaat auszubringen.

Das Blockland hat sich verändert mit den Jahren. Auf dem langen Deich zwischen Dammsiel und Kuhsiel begegnete mir früher kaum eine Menschenseele, abgesehen von den Anwohnern, die auf den Höfen ihrem Broterwerb nachgingen. An den Wochenenden sah man vereinzelte Radfahrer und Ausflügler, die im Gasthaus an der Schleuse einkehrten und Kaffee tranken oder auf den Uferwiesen ein Picknick machten. Heutzutage tummeln sich hier bei schönem Wetter Hunderte von Bikern auf Sporträdern und fast ebenso viele Inlineskater. Ruhig ist es nur noch zu Allerseelen und am Totensonntag, wenn der Himmel grau ist und der feuchte Dunst sich auch am Mittag nicht von den Wiesen hebt.

In den Uferbinsen hat sich Unrat festgesetzt, den ich sorgfältig entferne. Ein später Grasfrosch springt ins Wasser. Der Reiher, der sich am anderen Ufer wie in Zeitlupe bewegte, fliegt auf. Im Sommer wachsen hier Sumpfblutauge, Tausendblatt und Fieberklee. Libellen schwirren zwischen Schwanenblumen, und im Wasser schießen Elritzen den Mückenlarven hinterher. Jetzt ist alles grau und braun. Die Brombeeren haken mir ihre Dornen in die Kleider, biegsame Weidenfinger streifen mir durchs Haar.

Meine Schwester war neun Jahre alt, als sie verschwand, zwei Jahre jünger als ich, und manchmal hatte ich sie gehasst. Meine Eltern hatten sie mir immer vorgezogen, aus Gründen, die ich nicht verstand. Seit ihrem Verschwinden war sie eine Heilige geworden. Es war ein Herbsttag im Oktober, so wie heute, und sie kam nicht nach Hause. Sie war nie sehr gehorsam gewesen, fuhr mit ihrem kleinen Fahrrad viel weiter, als sie eigentlich durfte. Wir wohnten in Findorff, direkt am Bürgerpark. Sie fuhr zum Tiergehege, um die Ponys und das Dromedar zu besuchen. Sie fuhr zum Spielplatz bei dem alten Bunker, und manchmal fuhr sie sogar in den Stadtwald, wo sie sich am Aussichtsturm die Wiese runterrollen ließ. Ich war viel artiger und blieb zu Hause und las oder lernte, und doch liebten meine

Eltern sie mehr als mich. Als sie weg war, wurde es besser. Da konnte auch ich sie lieben und zündete manchmal eine Kerze vor ihrem Foto an.

Ich schneide die verdorrten Sonnenblumen ab, die der Regen braun und schmierig gemacht hat. Ja, es war in jenem Herbst, als ich zum ersten Mal von dem Ungeheuer hörte, und tief in meiner Seele war ich überzeugt, dass es dieses Ungeheuer war, das sich meine Schwester geschnappt hatte. Es wunderte mich ein bisschen, dass meine Eltern nicht darauf kamen. Aber ich wollte ihnen die Hoffnung nicht nehmen, den Glauben, dass ihr Lieblingskind eines Tages wiederkehren könnte. So schwieg ich. Ich hatte schlechte Träume, besonders bei Vollmond. Wirres Zeug, wobei ich wechselweise vor einer dunklen Gestalt auf der Flucht war und mit nackten Füßen über feuchten Boden lief, oder selber Klauen und lange Zähne besaß und einen flüchtenden Menschen verfolgte. Stets wachte ich mitten in der Nacht auf und konnte nicht wieder einschlafen.

Ich mache eine Pause, wasche mir die Hände mit kaltem Wasser und tausche die dreckigen Gummistiefel gegen Schuhe ein. Dann schiebe ich mein Rad auf die Straße, um nach Dammsiel zu fahren. Es sind nur ein paar Kilometer. Der kleine Herd in meiner Laube ist kaputt. Ich bin ordentlich durchgefroren. Im Gasthaus gibt es heiße Suppe.

Kurz vor Dammsiel kommt mir eine junge Frau auf einem roten Fahrrad entgegen, mit flatternden Haaren im Wind. Ich überlege, ob ich sie warnen soll. Aber sie fährt an mir vorbei, ohne mich anzusehen. Dann eben nicht.

„Haben Sie es auch gehört?“, fragt die Wirtin, als sie mir die Suppe an den Tisch bringt.

Ich schüttele den Kopf. „Was meinen Sie?“

„Sie wissen schon“, sagt sie leise. „Heute ist wieder so ein Tag.“

„Ich habe nichts gehört."

„Wirklich nicht?" Sie sieht mich misstrauisch an. „Was machen Sie eigentlich den ganzen Tag da auf der Parzelle, bei diesem Wetter?"

Ich zucke die Schultern. „Graben. Säen. Ordnung schaffen."

Sie geht in die Küche und ich esse meine Suppe. Draußen geht nun ein Platzregen nieder. Der Wind wird stärker, die Böen biegen die Äste der Bäume am Wassersaum. Ich starre aus dem Fenster. Manchmal kann ich ganze Tage zubringen, ohne mit jemandem zu reden. Ich vermisse es nicht einmal. Ich habe mich früh daran gewöhnt.

Meine Schwester ist nie wieder aufgetaucht. Wir suchten den ganzen Tag, den ganzen Abend. Dann schaltete Vater die Polizei ein. Am nächsten Morgen ging die Suche weiter. Ich schwänzte die Schule und fuhr mit meinem Rad den ganzen Bürgerpark ab. Als ich dort nichts fand, fuhr ich in den Stadtwald, zum Aussichtsturm. Vergebens. Vielleicht war sie zum Tierheim gefahren. Sie hatte ein paar Mal davon gesprochen, sich die Katzen und Hunde anzusehen. Sie mochte Tiere und sie hatte sich in den Kopf gesetzt, Mama und Papa zu überreden, ihr einen Hund zu erlauben. Wahrscheinlich hätte sie es sogar geschafft. Sie bekam immer ihren Willen.

Ich trat in die Pedale, verließ den Stadtwald, fuhr ein Stück am Unisee entlang, überquerte die breite Straße, hinter welcher damals der große Schornstein der Müllverbrennungsanlage aufragte. Dort lag das Tierheim. Ich wollte fragen, ob man meine Schwester gesehen hatte. Aber dann ließ ich es bleiben. Die Hunde in den Zwingern kläfften und heulten. Ich radelte einfach weiter. Es konnte ja sein, dass sie nach Dammsiel gefahren war. Im Sommer hatten wir mit unseren Eltern eine Radtour gemacht und im Café an der Schleuse Eis gegessen. Meine Schwester tat immer, was sie wollte, und wenn sie sich in den Kopf gesetzt hatte, zur Schleuse zu fahren, hatte sie es sicherlich auch getan, ohne einen Gedanken daran zu verschwenden, dass es ein gefährlicher Weg war, so ganz alleine.

„Hat es geschmeckt?“, fragt die Wirtin und nimmt den Teller weg.

Ich nicke. Dann bestelle ich noch einen Kaffee, denn solange es gießt, hat es gar keinen Zweck, zum Garten zurückzukehren.

„Das arme Mädchen“, sagt sie plötzlich.

„Was meinen Sie?“

„Die junge Frau, die vorhin hier war. Mit dem Fahrrad, bei diesem Wetter. Kam von Borgfeld und wollte in Richtung Findorff. Ein kleiner Ausflug, sagte sie. Sie hätte Ihnen eigentlich begegnen müssen.“

„Ach die“, sage ich. „Sie fuhr an mir vorbei.“

„Wenn sie klug ist, hat sie sich irgendwo unter einen Baum gestellt.“

„Ja, vielleicht“, sage ich vage und schaue wieder aus dem Fenster.

Die Wirtin verschwindet, um den Kaffee zu holen. Ich schaue auf meine Hände. Manchmal arbeite ich, ohne zu merken, wie die Zeit vergeht. Manchmal klingelt das Telefon, ohne dass ich es höre. Manchmal steht plötzlich der Nachbar hinter mir und klopft mir auf die Schulter, ohne dass ich bemerkt habe, wie er näher kam. Ich liebe die Arbeit im Garten. Es gibt nichts Schöneres für mich.

„Es kommt mit dem Wind, aus Richtung der Deponie“, flüstert die Wirtin, als sie mir den Kaffee hinstellt.

Sie meint das Heulen. Und vielleicht hat sie Recht. Die Mülldeponie hat sich im Laufe der Zeit in ein eigentümliches Biotop verwandelt. Hier versammelt sich die größte Artenvielfalt der Stadt, entstanden aus Samen, die mit dem Hausmüll dort gelandet sind. Exotische Früchte, Gemüsesorten aus aller Welt. Seltene Blumen. Vielleicht auch seltene Tiere.

Das Fahrrad meiner Schwester. Ich fand es damals in Sichtweite der Deponie, am Ende des Kleingartengebiets direkt an der Kleinen Wümme. Es lag etwas abseits, wo ein Streifen Unterholz das Wasser säumt. Von der Straße aus war es nicht zu sehen. Hatte ich geahnt, dass es dort lag? Ich schaute mich um, ob niemand mich sah. Dann warf ich es in die Wümme. Um meine Eltern zu schonen, sagte ich mir. Das Fahrrad im Gebüsch sah so endgültig aus. Solange man nichts fand, gab es Hoffnung. Die Hoffnung, dass meine Schwester einfach immer weiter und weiter geradelt war, um vielleicht irgendwann, nachdem sie die ganze Erde umrundet hatte, wieder zu Hause anzukommen.

Der Regen hat etwas nachgelassen. Ich stehe auf und zahle. Aus den Augenwinkeln schaut die Wirtin mir nach. Sie ist eine misstrauische Person. Dabei habe ich ihr nie etwas getan. Auch die anderen beobachten mich, die Nachbarn aus den Gärten, und dann tuscheln sie miteinander. Ich habe schon lange aufgehört, mit ihnen zu reden. Ich fahre zurück zu meiner Parzelle. Ob die junge Frau noch irgendwo steht und wartet, dass es zu tröpfeln aufhört? Die Straße führt direkt an der Deponie vorbei. Vielleicht wäre es gut, nachzusehen. Vielleicht ist sie mit dem Rad gestürzt und liegt irgendwo und wartet auf Hilfe. Ich fahre an meinem Garten vorbei, hinein in den Dunst, wo hinter ein paar langgestreckten Kurven der grünbewachsene Hügel liegt.

Meine Schwester wurde nie gefunden. In meinen Träumen sah ich sie manchmal in der Wümme treiben. Wie eine Nixe, mit ihrem gelben Kleid und mit den langen Haaren, wogend wie Algen, in denen Wasserschnecken wie Schmuckstücke prangten. Manchmal sah ich sie mit ihrem kleinen Fahrrad auf dem Grund der Wümme fahren, ganz langsam, als habe sie alle Zeit der Welt. Aus ihrem Mund und ihrer Nase stiegen Luftblasen auf, wie bei einem Fisch. Dann wachte ich auf und schrie, und meine Mutter kam, und mein Vater kam, und sie drückten mich und trösteten mich und waren so froh, dass sie mich noch hatten.

Ich fahre schneller. Der Wind bläst mir entgegen, er zaust die herbstlichen Bäume. Früher hörte man manchmal von gerissenem Vieh, Kälber meistens, deren kalte Körper in der Morgensonne auf den Weiden lagen und deren Kehlen fürchterliche Wunden aufwiesen. Ich glaube mich auch zu erinnern, dass damals Jäger unterwegs waren, um den vermeintlichen Wolf aufzuspüren und zu erlegen – vergeblich. Man fand zwar Spuren undefinierbarer Art, die aber alle im Nichts verliefen. Selbst preisgekrönte Jagdhunde verloren die Fährte oder kniffen die Schwänze ein und setzten sich heulend ans Ufer der Wümme.

Zu meiner Rechten ist nun dichtes Unterholz, das den Blick aufs Wasser versperrt. Ich steige ab. Da liegt das rote Damenrad, halb im Gebüsch. Die Dinge wiederholen sich. Sie wiederholen sich immer, als ob die Zeit sich im Kreise dreht. Ob sie geschrien hat? Oder sitzt sie nur am Ufer, um ein wenig auszuruhen und die Eisvögel zu beobachten?

„Hallo!“, rufe ich. „Wo sind Sie?“

Keine Antwort.

Stattdessen ertönt ein fernes Geheul. Die Deponie. Wer weiß, was da neben den exotischen Pflanzen noch alles wächst. Einen Augenblick später weht der Wind eine vielstimmige Antwort herbei. Das Tierheim. Die Hunde sind unruhig.

„Hallo!“, rufe ich wieder.

Das Unterholz ist dornig, der Boden glatt und morastig. Wieder erklingt das Heulen, und diesmal scheint es viel näher zu sein. Ich sinke bis zu den Knöcheln ein, der Boden schlürft und schmatzt bei jedem Schritt. Wie seltsam, denke ich. Die Frau muss hier irgendwo sein. Sie kann sich doch nicht in Luft aufgelöst haben. Vorsichtig gehe ich weiter, halte mir die nassen Zweige vom Leib. Irgendwo knackt es. Eine Bisamratte raschelt durchs Laub. Spatzen fliegen auf. Das Herz schlägt mir bis zum Halse.

Zwei Jahre nach dem Verschwinden meiner Schwester beunruhigte ein neuer Vermisstenfall unser Viertel. Wieder war es ein Mädchen mit langen Haaren, elf Jahre alt. Man hatte sie zuletzt an der Bushaltestelle beim Tierheim gesehen. Natürlich gab es keine Zusammenhänge, aber meine Mutter hing jeden Tag über der Zeitung, als glaubte sie, dass mit der Rettung dieses Kindes auch ihr eigenes wiederkehren könne. Das Mädchen wohnte nur wenige Straßenecken von uns entfernt. Ich kannte sie vom Sehen. Sie war frech und vorwitzig und hatte mir sogar mal die Zunge rausgestreckt und dabei seltsame Geräusche gemacht. Hatte mich einen Spasti genannt und gelacht, als ich mit meinem schiefen Mund das Eis nicht essen konnte, ohne mich zu bekleckern. Hatte mich einen Stotterer genannt, obwohl das gar nicht stimmte. Ich stotterte nicht. Es war der Kiefermuskel, der nicht funktionierte, und der Kehlkopf, der nicht richtig gewachsen war. Meine Eltern sagten, das sei nicht so schlimm. Man könne es operieren lassen, wenn ich größer wäre, und außerdem komme es nicht darauf an, hübsch zu sein. Und im Grunde hatten sie ja Recht. Und diesem Mädchen habe ich niemals etwas Schlechtes gewünscht. Und ihren Eltern auch nicht. Ich wünsche niemals jemandem etwas Schlechtes.

„Hallo!", rufe ich ein letztes Mal. Das Heulen vorhin war sehr nahe. Ich will doch gar nicht wissen, was sich da im Dunkeln verbirgt. Manchmal ist es klüger, sich einfach umzudrehen und fortzugehen.

Manchmal besucht meine Schwester mich noch immer.

Ihr gelbes Kleid ist modrig geworden. Ihre Augen sind leere Höhlen, und ihre Stimme sirrt wie ein Grashalm im Wind. In manchen Nächten laufe ich durch den Wald. Zwischen den Bäumen folgt mir eine seltsame Gestalt, ein haariges Wesen mit langen Armen. Ich will schreien, aber bringe keinen Laut heraus. Ich versuche, es abzuschütteln, aber immer bleibt es mir auf den Fersen. Dann steht es plötzlich vor mir, und ich erkenne, dass ich in einen Spiegel schaue.

Ich bleibe stehen und wische mir den Schweiß von der Stirn. Ich bin zu schnell gefahren. In meinem Magen liegt ein Stein. Ich habe die Operation schließlich machen lassen. Heute kann ich essen, ohne zu kleckern, und beim Sprechen merkt man mir nichts mehr an. Nur ich selber glaube immer noch, diese widerlichen, zischenden Laute zu hören, dieses Brodeln von Spucke, wenn ich meinen Mund öffne.

Vorsichtig schlage ich einen Bogen, um ein dichtes Gestrüpp zu umgehen. Ganz nahe am Wasser sitzt ein bräunlicher Schatten, verharrt völlig reglos trotz der Kälte. Ich halte den Atem an. Ein Tier ist es nicht, aber auch kein Mensch. Es hat langes, filziges Haupthaar, wie eine zottige Mähne, ein dickes Nest wie aus Spinnweben. Der ganze Körper ist von einem schütteren Fell bedeckt, und wenn es läuft, wird es sich ebenso gut auf zwei wie auf vier Füßen bewegen können. Es sitzt dort ganz still und starrt aufs Wasser.

Ich atme immer noch nicht. Ich versuche, rückwärts zu gehen, langsam einen Fuß vor den anderen. Ein dürrer Ast knackt unter meinem Schuh. Das Ding spitzt die Ohren. Eine grässliche Fratze schaut mich an: ein unmenschliches Gesicht mit einer platten Nase, einem entstellten Mund und scharfen Wolfszähnen. Die Augen sind weit aufgerissen, in ihnen spiegelt sich mein Entsetzen.

Ich beginne zu rennen, stolpere, knicke um, raffe mich wieder auf, voller Panik, dass das Untier sich auf mich stürzen und mir die Kehle durchbeißen könnte. Ein Eisvogel schnellt durch die Luft, ein flirrend blauer Edelstein. Ein Blässhuhn stößt seinen Warnruf aus. Dann höre ich ein Wasserplatschen. Ich schaue mich um. Es ist verschwunden. Wie angewurzelt stehe ich da und schaue und lausche. Vielleicht ist es ans andere Ufer geschwommen. Diese riesigen Augen. Was sahen sie, um so entsetzt zu sein?

Das dunkle Wasser gurgelt aus der Tiefe. Luftblasen steigen auf. Langsam trete ich ans Ufer. Das Wasser ist trübe und schlammig. Ich beuge mich tief hinab und versuche, durch die kribbelnden Wellen etwas zu erkennen. Es ist nicht sehr tief an dieser Stelle. Der Wind flüstert in den Gräsern. Die Elritzen sind geflüchtet. Ein einzelner Sonnenstrahl zerschneidet die tiefhängenden Wolken, fällt mir auf die Hände und durchbricht direkt vor meinen Augen die Wasseroberfläche. Trübe Teilchen in einem goldenen Strom, und darunter …

Ich schrecke zurück. Unter den Wellen ist ein Gesicht. Eine junge Frau mit langen, rötlichen Haaren, die sich wie Wasserpflanzen in der schwachen Strömung bewegen. Auf ihrem Hals sitzen kleine Krabben, die sich an eine klaffende Wunde schmiegen.

Ich stolpere und schreie, bis ich die Straße erreiche. Ich rufe um Hilfe, aber da ist kein Mensch. Ich wühle mein Handy aus der Tasche und wähle den Notruf.

„Helfen Sie mir!“ Meine Stimme versagt.

Es dauert ewig, bis endlich in der Ferne ein bläuliches Flimmern auftaucht und sich langsam nähert. Die Tote wird geborgen. An ihrer Kehle klafft eine fürchterliche Wunde.

„Was war das?“, frage ich einen der Polizeibeamten leise.

„Ein Messer“, sagt er und blickt mich durchdringend an.

Er misstraut mir. Und er lügt. Sie alle lügen. Ich weiß, dass es kein Messer war. Ein Messer kann so etwas nicht anrichten. Zähne waren es, die langen Zähne eines Raubtiers. Scharfe

Klauen, die sich mit großer Kraft in das weiche Fleisch gegraben haben.

„Brauchen Sie mich noch?“, frage ich.

Der Beamte schüttelt den Kopf. „Melden Sie sich morgen bei uns auf dem Revier, um Ihre Aussage zu Protokoll zu geben. Vergessen Sie es nicht.“

Wie eine stillschweigende Übereinkunft ist es, mit der sie die Existenz des Schrecklichen leugnen. Vielleicht wollen sie eine Panik verhindern. Vielleicht einen großen Presseauflauf vermeiden. Der Regen hat inzwischen aufgehört, doch der Wind pfeift noch immer durch die Bäume. Das rote Fahrrad liegt unbewegt zwischen den Büschen. Ich denke daran, es ins Wasser zu schmeißen, aber ich wage nicht, es zu berühren. Schlammbespritzt und frierend mache ich mich auf den Heimweg.

Ich weiß, was ich gesehen habe. Vielleicht begegnen wir alle irgendwann den Ungeheuern, von deren Existenz wir überzeugt sind.